16	3	2	13
5	10	11	8
9	6	7	12
4	15	14	1

Jeremias Gotthelf

A ARANHA NEGRA

Tradução, posfácio e notas
Marcus Vinicius Mazzari

editora 34

EDITORA 34

Editora 34 Ltda.
Rua Hungria, 592 Jardim Europa CEP 01455-000
São Paulo - SP Brasil Tel/Fax (11) 3811-6777 www.editora34.com.br

Copyright © Editora 34 Ltda., 2017
Tradução © Marcus Vinicius Mazzari, 2017

A FOTOCÓPIA DE QUALQUER FOLHA DESTE LIVRO É ILEGAL E CONFIGURA UMA
APROPRIAÇÃO INDEVIDA DOS DIREITOS INTELECTUAIS E PATRIMONIAIS DO AUTOR.

Este livro contou com o apoio da
Fundação Suíça para a Cultura Pro Helvetia.

A Editora 34 agradece a Bruno Gentinetta e Werner Eichenberger
pela gentil cessão de imagens para esta publicação.

Título original:
Die schwarze Spinne

Imagem da capa:
Xilogravura de Bruno Gentinetta, 1966

Capa, projeto gráfico e editoração eletrônica:
Bracher & Malta Produção Gráfica

Revisão:
Cide Piquet

1ª Edição - 2017

CIP - Brasil. Catalogação-na-Fonte
(Sindicato Nacional dos Editores de Livros, RJ, Brasil)

G595a
Gotthelf, Jeremias, 1797-1854
A aranha negra / Jeremias Gotthelf;
tradução, posfácio e notas de Marcus Vinicius
Mazzari. — São Paulo: Editora 34, 2017
(1ª Edição).
168 p.

Tradução de: Die schwarze Spinne

ISBN 978-85-7326-659-7

1. Literatura suíço-alemã. I. Mazzari,
Marcus Vinicius. II. Título.

CDD - 833

A ARANHA NEGRA

Nota preliminar 7

A ARANHA NEGRA 11

Posfácio do tradutor.. 129

Agradecimentos.. 161
Sobre o autor 163
Sobre o tradutor.. 167

Nota preliminar

Marcus Vinicius Mazzari

Esta tradução da novela *A aranha negra* (*Die schwarze Spinne*) segue o texto estabelecido na edição *Ausgewählte Werke in zwölf Bänden* [*Obras escolhidas em doze volumes*], organizada por Walter Muschg (Zurique, Diogenes, 1978). Houve também o cotejo com a excelente edição comentada de Michael Masanetz (Frankfurt a.M., Suhrkamp, 2013; 1ª ed., 2007).

Embora tenha começado a escrever relativamente tarde e não tenha atingido os sessenta anos de idade, Jeremias Gotthelf (pseudônimo de Albert Bitzius, 1797-1854) deixou extensa obra narrativa, a qual se distingue por peculiaridades linguísticas de sua região natal, o Emmental (cantão de Berna, na Suíça). Na novela *A aranha negra* (1842) a forma dialetal não é tão acentuada como em outros textos de sua autoria, mas mesmo assim ela traz não poucos termos e expressões de difícil compreensão para um leitor não familiarizado com as ramificações do alemão de Berna (*Bärndütsch*). Alguns desses termos e expressões são comentados em notas que o tradutor elaborou com o auxílio de dicionários e léxicos voltados especificamente a esse dialeto alemânico e ao vocabulário de Gotthelf.

Para a redação de *A aranha negra* o autor valeu-se de várias lendas e sagas que desde a Idade Média circulavam na tradição oral de sua região, algumas delas referidas nas notas à tradução e no posfácio: a epidemia de peste negra que assolou Sumiswald em meados do século XIV e, cem anos mais tarde, em 1434, assim como o lendário "aprisionamento" dessa peste num orifício aberto numa árvore; a aura sinistra que cercava uma moça alemã de Lindau, às margens do lago de Constança, que pelo casamento em 1704 ingressou numa comunidade do Emmental; ou ainda relatos sobre o longo período em que a Ordem dos Cavaleiros Teutônicos dominou Sumiswald e as histórias de tirania que se formaram em torno do último comandante da Ordem nessa região suíça, Hans von Stoffeln (morto em 1527).

Mas à elaboração da novela serviram também fontes escritas: além da Bíblia, influência decisiva sobre toda a produção literária de Gotthelf, podem-se mencionar contos maravilhosos recolhidos pelos irmãos Grimm (dois deles referidos em notas que acompanham a tradução) e sagas publicadas no almanaque suíço *Alpenrosen* [*Rosas Alpinas*], sendo que uma delas (1818) narra a história de um caçador em trajes verdes (o próprio diabo) a quem as pessoas logram encarcerar por fim num pedaço de madeira. Estudos sobre a gênese de *A aranha negra* apontam ainda para uma narrativa homônima publicada em Leipzig no ano de 1819 por August Ernst Langbein; com todas as diferenças no estilo e no enredo assim como no tocante ao nível estético, incomparavelmente mais alto no texto de Gotthelf, aquela narrativa já traz os motivos da aranha negra e também do banimento do maligno numa peça de madeira.

Mais importante, contudo, do que o levantamento de possíveis fontes para a concepção de *A aranha negra* é enfatizar o trabalho de síntese e transfiguração operado pela imaginação criadora de Gotthelf. É o que ele próprio faz ao enviar o manuscrito da novela a um amigo em maio de 1841: "Eis finalmente uma saga, para a qual me apoderei de três fragmentos cujo entrelaçamento exigiu muito de meu pobre cérebro".

Como perceberá o leitor, no tratamento dispensado ao animal que figura no título da obra, Gotthelf deixa de lado os aspectos positivos na simbologia da aranha, como os associados à atividade tecelã que deram origem ao mito de Aracne, e acentua hiperbolicamente os negativos. Esse procedimento é favorecido pelo cenário medieval das histórias narradas durante o almoço de batizado, que cria os pressupostos para a associação da aranha negra ao diabo. Vale observar ainda que Gotthelf contou, nesse ponto, com o apoio de crendices populares que, como as registradas num importante dicionário alemão de superstições (*Handwörterbuch des deutschen Aberglaubens*), tecem estreitas relações entre a aranha e o demônio, ao qual se atribui a faculdade de assumir ocasionalmente forma aracnídea.

Essa faceta demoníaca na simbologia da aranha foi correlacionada por Carl Gustav Jung, num de seus últimos textos (*Um mito moderno sobre coisas vistas no céu*, 1958), à frequência com que esse animal "de sangue frio" e desprovido de "sistema nervoso cerebrospinal", conforme assinala o psicanalista suíço, aparece em sonhos como representante de um mundo psíquico profundamente estranho a nós. E Jung acrescenta: "O horror que emana da aranha foi plasticamente descrito pelo nosso conterrâneo Jeremias Gotthelf em sua *Aranha negra*".

Outro expressivo testemunho do impacto que essa história pode causar no leitor apresenta-nos Elias Canetti no antepenúltimo capítulo do relato autobiográfico *A língua absolvida* (1977), que se intitula justamente "A aranha negra". Com grande força imagética Canetti descreve como, após a leitura, passou a sentir a aranha espreitá-lo por todos os caminhos e enterrar-se em seu próprio rosto.

A ARANHA NEGRA

Sobre as montanhas alçou-se o sol, iluminou em límpida majestade um vale aprazível, porém estreito, e despertou para uma vida alegre os seres que foram criados para se deleitar com o sol de suas vidas. Da franja dourada do bosque o melro disparava seu cântico matinal, entre flores cintilantes e sobre a grama perolada a codorniz entoava monotonamente um canto de amor, enquanto sobre escuros pinheiros as gralhas excitadas dançavam sua ciranda nupcial ou crocitavam suaves cantigas de ninar sobre os leitos espinhosos de seus filhotes ainda implumes.

No centro de uma ensolarada encosta a Natureza havia incrustado um terreno fértil e bem protegido; erguia-se aí, imponente e reluzente, uma bela casa cercada por magnífico pomar, no qual algumas macieiras avantajadas ostentavam sua floração tardia; parte da grama ainda vicejava, irrigada pelo poço da casa, outra parte já fora levada ao depósito de ração para os animais. Em torno da casa pairava um brilho dominical, o qual não pode ser produzido com algumas vassouradas no entardecer de sábado, quando a noite se aproxima, mas que constitui testemunho de um asseio enraizado em preciosa herança, que deve ser cultivada todos os dias, como a honra doméstica, e que de um único momento de descuido pode receber nódoas comparáveis a manchas de sangue, passando então indelevelmente de geração a geração e escarnecendo de toda tentativa de limpeza.

Não por acaso brilhavam na mais pura limpidez a terra construída pela mão de Deus e a casa construída por mãos humanas; sobre ambas resplandecia nesse dia um astro no firmamento azul, um sublime feriado. Era o dia em que o filho retornava ao pai, como testemunho de que ainda se levanta no céu a escada pela qual sobem e descem os anjos, e também a alma do ser humano quando se desvencilha do corpo, encontrando seu desígnio e redenção lá em cima, junto ao pai, e não sobre a terra.[1] Era o dia em que todo o mundo vegetal floresce e viceja na direção do céu em plena exuberância, como um símbolo, que se renova todos os anos, da destinação final do próprio homem. Maravilhosos sons ressoavam pelas colinas e não se sabia de onde vinham, pois era como se repercutissem de todos os lados; vinham das igrejas espalhadas pelos amplos vales, de onde os sinos anunciavam que os templos de Deus se abrem a todas as pessoas cujos corações estão abertos para a voz de seu Deus.

Uma vida animada envolvia a bela casa. Nas proximidades do poço cavalos eram escovados com especial cuidado — imponentes éguas cercadas por potros que se divertiam saltitando ao redor. No amplo bebedouro alimentado pelo poço, vacas de olhar pachorrento aplacavam sua sede, e por duas vezes o menino encarregado da limpeza teve de pegar vassoura e pá porque os vestígios daquela pachorra não haviam sido retirados adequadamente. No poço viam-se ainda criadas robustas esfregando resolutamente as faces averme-

---

[1] Alusão ao sonho do patriarca Jacó (Gênesis, 28: 12): "Teve um sonho: Eis que uma escada se erguia sobre a terra e o seu topo atingia o céu, e anjos de Deus subiam e desciam por ela!".

Na exegese bíblica o sonho de Jacó costuma ser interpretado como prefiguração da ascensão de Cristo quarenta dias após ter ressuscitado no Domingo de Páscoa. A essa ascensão refere-se o "sublime feriado" — "Quinta-Feira da Ascensão" — em que Gotthelf localiza o início primaveril (no hemisfério norte) da narrativa.

lhadas com um pedaço de tecido áspero; os cabelos presos em duas tranças sobre as orelhas, elas também se apressavam diligentemente em transportar água pela porta aberta, e da pequena chaminé uma escura coluna de fumaça subia em possantes lufadas pela atmosfera azulada da manhã.

Curvado e a passos lentos, o avô caminhava com sua bengala ao redor da casa, observava silencioso a movimentação da criadagem, acariciava aqui um cavalo, impedia ali que uma vaca tivesse rédea solta para realizar sua morosa travessura, com a ponta da bengala apontava para restos de palha negligenciados aqui e ali, chamando a atenção do rapaz distraído; enquanto isso, apressava-se a tirar do fundo do bolso de sua comprida casaca a binga para acender o cachimbo que, apesar de já não funcionar devidamente, prestava-lhe excelente companhia pela manhã.

Diante da casa estava sentada a avó numa banqueta reluzente, ao lado da porta de entrada, e tinha diante de si um belo pão sobre uma pedra imensa, do qual cortava fatias finas, no tamanho certo para uma mordida, sem o descuido de cozinheiras e ajudantes de cozinha que às vezes cortam pedaços com os quais até uma baleia poderia engasgar-se. Galinhas orgulhosas, bem alimentadas, e belas pombas brigavam pelas migalhas que caíam aos pés da avó, e quando uma pombinha mais tímida ficava sem nada, aquela lhe lançava um pedacinho de pão, consolando-a por causa do desatino e da impetuosidade das outras aves.

No interior da cozinha luzidia e ampla crepitava a lenha de pinheiros num forte fogo, grãos de café espocavam na enorme frigideira que uma vistosa mulher revolvia com a colher de madeira, enquanto rangia ao lado o moedor de café entre os joelhos de uma criada que acabara de fazer a toalete. Postada, porém, junto à porta aberta da cozinha, dizia uma mulher bonita e um tanto pálida, segurando ainda o saco de café aberto:

— Ei, parteira, hoje você não precisa torrar muito o café, senão eles vão pensar que eu quis economizar no pó. A mulher do padrinho é terrivelmente desconfiada e interpreta tudo de maneira desfavorável. Uma libra a mais ou a menos não vem hoje ao caso. Também não se esqueça de preparar o vinho quente no momento certo![2] Se a gente não servir aos padrinhos um vinho quente antes de partirem para a igreja, o avô vai dizer que não é batizado de criança. Não economize nada, está ouvindo? Naquela travessa, em cima do aparador azulejado, tem açafrão e canela, o açúcar está aqui na mesa e pode usar bastante vinho, até parecer que é muito mais do que o necessário; num batizado de criança a gente não precisa preocupar-se com o desperdício.

Conforme se ouve, nesse dia acontece na casa um batizado e a parteira desempenha a função de cozinheira com a mesma habilidade posta anteriormente em prática ajudando mulheres a dar à luz; mas ela tem de se apressar se quiser que as coisas estejam prontas no momento certo e tem de cozinhar num simples fogão tudo o que a tradição exige.

Um homem robusto surgiu do porão com um imenso pedaço de queijo nas mãos, tirou do reluzente aparador o primeiro prato que encontrou, pôs o queijo em cima e fazia tenção de colocá-lo sobre a mesa de nogueira amarronzada.

— Mas Benz, mas Benz[3] — exclamou a bela, pálida mulher —, como eles vão rir de nós se não tivermos um prato melhor num dia de batizado!

---

[2] "Vinho quente" traduz a palavra suíço-alemã *Weinwarm*, que designa uma espécie de sopa levemente alcóolica típica da região de Berna (a "receita" é apresentada mais adiante pelo próprio narrador). Nessa primeira parte da novela, que emoldura a história da aranha negra, Gotthelf desdobra um amplo painel dos costumes e tradições de sua região natal, o Emmental, vale (*Tal*) do rio Emme, no cantão de Berna.

[3] Benz é a forma abreviada de Benedict ou Benedikt.

E lá foi ela até o lustroso móvel de cerejeira, que chamavam de bufê e onde se exibiam as preciosidades da casa atrás de vidraças. Tomou de lá um belo prato com bordas azuis e um grande ramalhete ao centro, circundado por judiciosas sentenças, tais como:

> Ó homem, vê se tua mente esse aviso apanha:
> Três moedinhas compram um litro de banha.
>
> Deus ao homem concede a graça,
> Mas eu moro na aldeia da garça.
>
> No inferno, lá faz muito calor,
> E o oleiro trabalha com fervor.
>
> A vaca devora a grama;
> E a cova pelo homem clama.[4]

Ela colocou ao lado do queijo o imenso pão doce, produto característico de Berna feito de finíssima farinha, ovos e manteiga, modelado como tranças femininas e assado até atingir uma bela coloração marrom e amarela — um pão grande como uma criança de um ano e quase com o mesmo peso. Dispôs ainda, acima e abaixo, mais dois pratos, sendo que sobre um deles se empilhavam apetitosos bolinhos e confeitos de levedura, enquanto sobre o outro se amontoavam bolinhos de ovos. Sobre o fogão, em potes decorados com

---

[4] Além de reproduzir com essas "sentenças" um detalhe da realidade camponesa no Emmental, Gotthelf parece delinear sub-repticiamente uma crítica à "superficialidade" contra a qual polemizou em vários de seus escritos e sermões, sobretudo no tocante à postura religiosa, ao "cristianismo rotineiro", de seus conterrâneos.

flores e bem cobertos, estava o grosso creme de nata batida, já aquecido, e o café ia sendo coado no reluzente bule com tampa amarela e em forma de tripé. Esperava assim pelos padrinhos que estavam a caminho um café da manhã de que príncipes só raramente desfrutam, e camponeses jamais, exceto os de Berna. Milhares de ingleses correm pela Suíça, mas a nenhum dos lordes esbaforidos, a nenhuma *lady* de andar empertigado jamais foi servido semelhante desjejum.

— Se eles chegassem logo, tudo se arranjaria — suspirou a parteira. — Até que tudo esteja pronto e cada um tenha suas coisas em mãos, sempre se passa certo tempo, e o pastor é terrivelmente pontual e lança duras reprimendas quando não se chega a tempo.

— O avô também jamais permite que se use o carrinho — disse a jovem mulher. — Ele acredita que uma criança que não seja levada no colo para o batismo, mas sim no carrinho, fica indolente pelo resto da vida e jamais aprende a usar devidamente as pernas. Se pelo menos a madrinha já estivesse aqui, é sempre ela que precisa de mais tempo; os padrinhos são mais rápidos e de qualquer modo eles podem sair correndo.

O temor por causa do atraso dos padrinhos alastrou-se por toda a casa.

— Eles não estão chegando? — ouvia-se em toda parte, e por todos os cantos da casa rostos procuravam por eles lá fora e o cão chamado Turco latia com sua máxima força, como se quisesse trazê-los à casa.

Disse, porém, a avó:

— Antigamente as coisas não eram assim, a gente sabia que em dias como o de hoje era preciso se levantar a tempo e que o Senhor não espera por ninguém.

Finalmente o menino se precipitou na cozinha com a notícia de que a madrinha estava chegando.

Ela chegou, coberta de suor e carregada como o Menininho do Ano-Novo.[5] Trazia numa das mãos os fios negros de uma grande sacola repleta de flores, na qual se encontrava, embrulhado em papel alvo e fino, um grande pão doce em forma de trança, um presente para a mãe da criança. Na outra mão trazia uma segunda sacolinha e nesta havia uma roupa para o bebê, ao lado de algumas peças para uso próprio, isto é, belas meias brancas; sob o braço ela tinha ainda uma caixa com a pequena coroa e a touca de ponta com esplêndidos cordões de seda negra. De todos os lados soaram-lhe as boas-vindas, e ela mal teve tempo de desembaraçar-se de um de seus fardos para apertar amigavelmente as mãos que lhe eram estendidas. De todos os lados mãos solícitas esticaram-se na direção de suas cargas e, estando a jovem sob a porta, levantou-se nova onda de saudações, até que a parteira conclamou todo mundo a ir para a sala: lá dentro poderiam conversar sobre os costumes desse dia.

E com gestos enérgicos a parteira fez a madrinha sentar-se à mesa, e a jovem mulher chegou então com o café, por mais que a madrinha se opusesse e alegasse que já havia tomado café. Não tinha cabimento que a irmã do pai da criança saísse dessa casa em jejum, isso é muito prejudicial à saúde de jovens mulheres, afirmava. Mas ela já era velha, e as criadas não quiseram levantar-se no horário certo, por isso ela chegou tão tarde; se dependesse só dela, há muito estaria ali. O grosso creme de nata batida foi misturado ao café e, por mais que a madrinha se defendesse e dissesse que não gostava, a mulher jogou um torrão de açúcar em seu café. Por certo tempo a madrinha não queria permitir que o pão trançado fosse partido por sua causa; ao fim e ao cabo, po-

---

[5] *Neujahrkindlein*, no original: é o equivalente suíço de nosso Papai Noel. Na região de Berna o "Menininho do Ano-Novo" costumava distribuir os presentes não no Natal, mas no primeiro dia do ano.

A aranha negra

rém, ela deixou que fosse colocado em seu prato um belo pedaço e teve de comê-lo. Já o queijo ela não queria de modo algum, não precisava mesmo, disse. Mas ela dizia isso porque achava que o queijo fosse apenas semigordo, tipo que não apreciava, disse a mulher, e a madrinha teve de render-se. Os bolinhos, porém, de jeito nenhum, ela não saberia onde acomodá-los em seu estômago, atalhou. É porque ela, acostumada a melhores, não achava que estivessem bons, recebeu por fim como resposta. Que outra coisa pôde fazer senão comer os bolinhos! Enquanto ia sendo pressionada de todas as maneiras, ela tomou comedidamente, em pequenos goles, a primeira xícara, quando então se levantou verdadeira contenda. A madrinha colocou a xícara de boca para baixo, recusou-se terminantemente a abrir espaço para novas iguarias e disse que deviam deixá-la em paz, pois do contrário juraria lutar com todas as suas forças. A mulher retrucou então que sentia muito que ela achasse o café tão ruim, que havia ordenado expressamente à parteira que o coasse da melhor maneira possível; ela de fato não podia fazer nada diante de um café tão ruim que ninguém podia tomá-lo, e isso não era por culpa do creme de nata, o qual ela própria havia preparado, coisa a que, de resto, não estava acostumada a fazer todos os dias. O que restou à pobre madrinha senão deixar que lhe fosse servida mais uma xícara!

Por muito tempo a parteira ficou andando a passos curtos para lá e para cá; por fim não pôde mais se conter e disse:

— Se eu puder ajudar em alguma coisa, é só dizer; eu estou com tempo.

— Ei, não fique apressando — disse a mulher.

Todavia a pobre madrinha, fumegando como uma chaleira, entendeu a mensagem, engoliu o café quente o mais rápido que pôde e disse entre as pausas a que era obrigada pela bebida fervente:

— Já estaria a caminho há muito tempo se não tivesse sido obrigada a me servir de mais coisas do que posso empurrar para dentro do estômago, mas já estou indo.

Levantou-se, esvaziou as sacolinhas, distribuiu o pão trançado, a roupa de bebê, o pacotinho — um reluzente táler novo, embrulhado numa sentença batismal belamente pintada[6] — e apresentou muitas desculpas por não ter trazido coisas melhores. Nisso a dona da casa cortou-lhe a palavra, exclamando que não tinha sentido algum fazer despesas tão altas que eles quase não poderiam aceitar os presentes; se soubessem que seria assim, não teriam pedido a ela para ser madrinha.

A moça começou então a aprontar-se, ajudada pela parteira e pela dona da casa, e lançou mão de tudo para apresentar-se como uma bela madrinha, desde sapatos e meias até a pequena coroa sobre a touca pontiaguda. A coisa foi se desenrolando com morosidade, apesar da impaciência da parteira, e a madrinha não achava nada suficientemente bom, ora era isso, ora aquilo que não estava no lugar certo. Foi quando entrou a avó e disse:

— Eu também preciso ver como a nossa madrinha está bonita.

E deu a entender de passagem que o segundo sinal já havia soado e os dois padrinhos estavam lá fora, no terraço.[7]

---

[6] *Taler* ou *Thaler*, em alemão, era uma grande moeda de prata posta em circulação no final do século XV pelo Sacro Império Romano-Germânico. Nos cantões suíços o táler circulou até a segunda metade do século XIX, ao lado do "florim" e do próprio "franco", que começa a ser introduzido em 1799. Nos estados alemães, o táler (que deu origem à palavra "dólar") vigorou até a unificação em 1871, quando foi substituído pelo "marco".

[7] O início da prédica costumava ser precedido então por dois dobres de sino.

Lá fora estavam efetivamente os dois homens que desempenhavam a função de padrinhos, um velho e um jovem; tendo desprezado o café então em moda, o qual, porém, podiam ter todos os dias, eles se encontravam sentados diante do fumegante vinho quente de Berna, espécie de sopa tradicional e excelente da região, feita de vinho, pão torrado, ovos, açúcar, canela e açafrão, esse condimento igualmente tradicional, que num banquete de batizado tem de entrar na sopa, nos petiscos e no chá adocicado.

Saboreavam prazerosamente essa sopa, e o padrinho mais velho, que era chamado de primo, fazia toda espécie de brincadeira com o pai do batizando, dizendo-lhe que eles não o pouapariam nesse dia e que ele lhes permitisse algumas brincadeiras depois do vinho quente. Para prepará-lo não se economizou em nada, percebia-se que na última terça-feira o pai entregara seu saco de doze medidas ao mensageiro que havia ido à Berna, a fim de que este lhe trouxesse açafrão. Como as pessoas não entendessem o que o primo queria dizer com isso, este acrescentou: recentemente o seu vizinho teve de oferecer um banquete de batizado; ele passou então ao mensageiro um grande saco e seis cruzados com a incumbência de trazer-lhe nesse saco, por essa quantia de seis cruzados, uma medida ou uma medida e meia do pó amarelo,[8] que era usado em tudo por ocasião de batizados de crianças, pois assim era o desejo das mulheres da casa e ponto final.

Como um jovem sol matinal entrou então a madrinha, recebeu as boas-vindas dos padrinhos, foi levada à mesa e diante dela se colocou um grande prato transbordante do vinho quente de Berna, que ela deveria tomar, pois certamente teria ainda algum tempo enquanto a criança estava sendo

---

[8] Cruzado (*Kreuzer*) era uma moeda de cobre com baixo valor. Tem-se aqui uma ironia do primo, tanto mais por tratar-se de um condimento bastante caro na época.

preparada. A pobre moça defendeu-se com unhas e dentes, afirmava que já havia comido por vários dias e que já nem conseguia mais tomar fôlego. Mas nada disso adiantou. Jovens e velhos caíram sobre ela de maneira jocosa e séria até que por fim ela agarrou a colher e, coisa curiosa, uma colherada após outra foi encontrando o seu lugarzinho. Eis, porém, que lá veio de novo a parteira com a criança toda agasalhada, colocou-lhe ainda a touquinha bordada e com o laço de seda nas cores rosa e vermelho, deitou-a em seguida na almofada batismal, enfiou em sua boquinha a doce chupeta e disse: o seu desejo era que ninguém se atrasasse, e havia pensado em deixar tudo arrumado, de tal modo que poderiam partir para a igreja quando quisessem.

Circundaram então a criança, elogiaram-na a contento, e era mesmo um menininho tão fofo a ponto de se querer mordê-lo. A mãe deliciou-se com os elogios e disse:

— Eu gostaria tanto de ir com vocês à igreja e ajudar a consagrá-lo a Deus; quando se está presente no momento em que a criança é batizada a gente se compenetra mais daquilo que se prometeu. Além disso, me é tão penoso não poder dar um passo além das canaletas do terraço por mais uma semana inteira, e isso logo agora que todos estão inteiramente ocupados com o plantio.[9]

Mas a avó disse que eles ainda não estavam na situação em que a esposa de seu filho tivesse de tomar o rumo da igreja, como uma mulher pobre, nos primeiros oito dias após o parto; e a parteira acrescentou não gostar nem um pouco de ver jovens mães indo à igreja com os filhos. Elas sempre ficam com receio de que em casa algo se passe de maneira er-

---

[9] Segundo uma superstição local (também combatida por Gotthelf), nos oito primeiros dias após o parto a mãe não deveria ir além das canaletas na extremidade do telhado, sob pena de expor a criança e a si própria a desgraças.

rada, na igreja não se comportam com a devida devoção e no caminho de volta se apressam tanto, de medo que algo seja negligenciado em casa, que, com isso, a temperatura acaba subindo; e assim mais de uma mulher já caiu gravemente enferma, tendo chegado inclusive a falecer.

Então a madrinha tomou nos braços a criança que estava sobre a almofada, a parteira cobriu-a com o belo e alvo manto batismal com borlas negras nas extremidades, empregando todo cuidado para não danificar o ramalhete no peito da madrinha, e disse:

— Agora vão, no sagrado nome de Deus!

A avó juntou as mãos e, em oração silenciosa, abençoou-os fervorosamente. Mas a mãe acompanhou o cortejo até a porta e disse:

— Meu menino, meu menino, agora não vejo mais você por três longas horas, como vou suportar!

E de pronto as lágrimas assomaram-lhe aos olhos, ela socorreu-se rapidamente com o lenço e entrou de novo em casa.

A madrinha percorreu celeremente o declive ao longo do caminho da igreja, em seus robustos braços a criança seguia animada, e atrás vinham os dois padrinhos, o pai e o avô, sendo que a nenhum deles ocorreu aliviar a madrinha do peso que carregava, embora o padrinho mais jovem trouxesse num imponente ramalhete em seu chapéu o símbolo de solteiro e, em seus olhos, o sinal de não ter ficado insensível à madrinha, é verdade que isso tudo dissimulado atrás de grande descontração. O avô discorria sobre o tempo horrível que fizera quando o levaram à igreja; eram tantos raios e tanto granizo que os que participavam do cortejo batismal mal acreditavam que sairiam com vida. Mais tarde as pessoas fizeram-lhe todo tipo de profecias por causa desse tempo, uns lhe pressagiavam morte terrível, outros grande ventura na guerra; para ele, contudo, as coisas se desenrolaram calmamente, como também aos demais, e agora aos setenta e cinco anos de idade ele já não iria morrer de forma prematura e nem teria grande ventura na guerra.

    Haviam percorrido mais da metade do caminho quando lhes veio ao encalço a moça que deveria levar a criança de volta à casa tão logo fosse batizada, enquanto parentes e padrinhos assistissem ao sermão, segundo antigo e belo costume. Essa jovem empregara tudo o que estava ao seu alcance para mostrar-se igualmente formosa nesse dia. Em virtude de todos esses preparativos, ela se atrasara e queria pegar agora a criança do colo da madrinha; mas esta não o permitia, por mais que se tentasse convencê-la. Era uma oportunidade demasiado boa para mostrar ao belo padrinho solteiro quão fortes eram seus braços e o quanto podiam aguentar. Para um autêntico camponês, braços robustos numa mulher são muito mais apropriados do que braços delicados, melindrosos bastonetes que qualquer vento frio do nordeste pode levar embora com um sopro mais forte. Braços fortes numa mãe já foram a salvação para muitas crianças, quando o pai morre e a mãe tem de assumir sozinha as rédeas, tem de tirar o carro da economia doméstica sozinha de todos os buracos em que ele venha a encalhar.

    Mas de repente é como se alguém segurasse a forte madrinha pelas tranças ou lhe desferisse um golpe na cabeça; ela baqueia e recua, entrega a criança à moça e fica então para trás, aparentando ter de arrumar algo na liga de suas meias. Depois ela se adianta, achega-se aos homens, imiscui-se nas conversas, quer interromper o avô, desviá-lo ora com isso, ora com aquilo do assunto em que ela acaba de entrar. Mas ele, como é geralmente o costume de pessoas idosas, não perde o assunto de vista e a cada vez retoma impávido o fio da meada que fora cortado. Ela aproxima-se então do pai da criança e tenta induzi-lo, por meio de toda sorte de perguntas, a conversas de natureza doméstica; mas ele é lacônico e logo deixa cair todo fio lançado pela madrinha. Ele talvez esteja às voltas com seus próprios pensamentos, como todo pai que vê um filho sendo levado para o batismo e, sobretudo, o primeiro menininho. Quanto mais perto chegavam da igreja, mais pessoas se juntavam ao cortejo; alguns já estavam esperando no caminho, com o livro de cânticos religiosos na mão, outros se precipitavam para baixo pelas trilhas estreitas e, desse modo, adentraram a aldeia à semelhança de uma grande procissão.

Nas proximidades da igreja ficava a taverna; com muita frequência ambas se encontram em estreita relação, na verdade compartilhando alegria e tristeza com todas as honras. Ali entraram, o bebê foi trocado e o pai pediu uma jarra de uma medida, por mais que todos argumentassem que ele não deveria fazer isso, pois já haviam se servido de tudo o que se poderia desejar e não queriam mais nada de comer ou de beber. Entretanto, estando o vinho sobre a mesa, todos se puseram a beber, principalmente a moça encarregada de levar o recém-batizado; ela terá pensado que deveria beber vinho quando alguém lhe oferecesse vinho, e uma coisa dessas não acontece muitas vezes ao longo de todo um ano. Tão somente a madrinha não se deixava convencer a levar uma gota sequer à boca, apesar de insistentes pedidos de todos os lados, os quais não cessaram até que a taverneira observasse que eles deveriam deixar de lado toda essa coação, era notório que a moça ia empalidecendo cada vez mais e que estava precisando muito mais de algumas gotas do extrato de Hoffmann[10] do que de vinho. Mas também essas gotas a madrinha não queria tomar, mal aceitou um copo de água pura; por fim, porém, acabou consentindo que pingassem algu-

---

[10] Trata-se de uma mistura de álcool e éter, desenvolvida pelo médico alemão Friedrich Hoffmann (1660-1742), com propriedades revigorantes.

mas gotas de um frasquinho de sais minerais em seu lenço, atraindo sobre si, sem culpa alguma, certos olhares de suspeita, e tudo isso sem que pudesse se justificar, sem que pudesse receber ajuda de ninguém.[11] A madrinha padecia de uma angústia atroz e não podia deixá-la transparecer. Ninguém lhe dissera o nome que a criança deveria receber, nome que ela, segundo antiga prática, teria de sussurrar ao pastor no momento de passar-lhe o bebê, pois ele poderia facilmente confundir os nomes inscritos, se houvesse muitas crianças a batizar.

Na pressa gerada pela quantidade de coisas a serem resolvidas, e também pelo medo de atraso, esqueceram-se de comunicar esse nome à madrinha, e perguntar por ele era algo que sua tia, a irmã de seu pai, lhe proibira terminantemente, caso não quisesse trazer infelicidade à criança; pois tão logo uma madrinha pergunta pelo nome da criança, esta se torna curiosa pela vida toda. Portanto, ela não sabia o nome, não podia fazer a pergunta, e se o pastor também o houvesse esquecido e perguntasse por ele em alto e bom som ou, num equívoco, batizasse o menino como uma Madalenazinha ou Barbarazinha, o quanto não iriam rir as pessoas e que vergonha ela não passaria pelo resto da vida! Isso foi se afigurando cada vez mais terrível para ela; as pernas da pobre moça tremiam como caniços ao vento e o suor rolava abundantemente do rosto pálido.

Nesse momento a taverneira exortou todos a partir, caso não quisessem ser acerbamente repreendidos pelo pastor; mas quanto à madrinha, disse-lhe:

---

[11] Esse frasco com sais ("frasquinho de cheiro", *Riechfläschchen*, como se dizia na época) era usado sobretudo em casos de desmaio. Os "olhares de suspeita" que a madrinha atrai sobre si decorrem da suposição de gravidez (a cena "Catedral", no *Fausto I*, se fecha com a Gretchen grávida pedindo à vizinha o frasquinho de sais, antes de desmaiar).

— Você, mocinha, não vai aguentar, veja só, você está tão branca como uma camisa recém-alvejada.

Devia ser por causa da caminhada, ponderou a madrinha; ela se sentiria melhor quando saísse ao ar fresco. Mas não houve melhora alguma; todas as pessoas na igreja lhe pareciam envoltas em escuridão e eis que, ainda por cima, a criança passou a gritar desesperadamente, cada vez mais desesperadamente. A pobre madrinha começou a balançá-la em seus braços, com força, e com tanto mais força quanto mais alto a criança gritava, de tal modo que pétalas esvoaçavam do ramalhete em seu peito. Esse peito foi se tornando cada vez mais apertado e pesado, e ouvia-se nitidamente como ela lutava para respirar. Quanto mais se alçava seu peito, tanto mais alto a criança voava em seus braços, e quanto mais alto ela voava, tanto mais forte gritava, e quanto mais forte gritava, tanto mais retumbantemente o pastor fazia as orações. As vozes ricocheteavam fortemente nas paredes e a madrinha não sabia mais onde estava; tudo silvava e zumbia ao seu redor como vagalhões e a igreja bailava no espaço, junto com ela. Finalmente o pastor disse o seu "Amém", e havia chegado então o terrível momento, agora deveria decidir-se se ela se converteria em escárnio para essa geração e os filhos dessa geração; ela tinha agora de tirar o manto, entregar a criança ao pastor, sussurrar-lhe o nome ao ouvido direito. Ela descobriu o menino, mas estremecendo e tremendo; estendeu a criança e o pastor a tomou sem mirar a mulher, não lhe perguntou nada com olhos perscrutadores, imergiu a mão na água, umedeceu a testa da criança repentinamente silenciosa e não batizou nenhuma Madalenazinha ou Barbarazinha, mas sim um Hans Uli, um verdadeiro e genuíno Hans Uli.

Para a madrinha foi como se caíssem de seu coração não apenas todas as montanhas do Emmental, mas também sol, lua e estrelas, e como se ela fosse tirada de um forno incandescente e mergulhada em água gélida. Mas durante toda a prédica seus membros ficaram tremendo, não queriam mais acalmar-se. O pastor ia pregando de maneira muito bela e consistente, mostrando como a vida dos seres humanos não deveria ser outra coisa senão uma ascensão celestial; mas a madrinha não conseguia imbuir-se de verdadeira devoção e, quando saíram do culto, ela já havia esquecido o texto. Ela mal podia esperar o momento de revelar seu medo secreto e o porquê da palidez em seu rosto. Houve muito riso e ela teve de ouvir histórias engraçadas sobre a curiosidade e como as mulheres a temem e transmitem esse medo a todas as meninas, enquanto os meninos não são afetados por isso. Ela poderia tranquilamente ter perguntado.

Formosos campos de aveia, delicadas plantações de linho, tudo o que florescia magnificamente em prados e campos atraía a atenção de todos e cativava os espíritos. Encontravam variados motivos para caminhar mais devagar, deter-se calmamente; todavia o belo sol de maio, que se alçava no horizonte, havia aquecido os que retornavam e um copo de vinho fresco fez bem a todos, ainda que de início resistissem à oferta. Sentaram-se depois diante da casa, enquanto na cozinha as mãos trabalhavam diligentemente e o fogo crepitava com força. A madrinha ardia como um dos três da fornalha incandescente.[12] Já antes das onze horas chamou-se para a mesa, mas apenas os empregados, os quais foram servidos em primeiro lugar e, na verdade, em abundância; de qualquer modo, contudo, houve satisfação na cozinha quando os ditos empregados saíram do caminho.

Entre os que estavam sentados diante da casa a conversa foi se desenrolando com certa lentidão, mas sem que se

---

[12] Alusão jocosa ao episódio bíblico, narrado no terceiro capítulo do livro de Daniel, em que o rei babilônico Nabucodonosor manda atirar a uma fornalha incandescente os três hebreus que se recusaram a adorar uma estátua de ouro.

exaurisse de todo. Antes de se comer, os pensamentos do estômago atrapalham os pensamentos da alma; entretanto, as pessoas não querem se deixar dominar por esse estado e o disfarçam com palavras arrastadas sobre assuntos indiferentes. O sol já estava a pino quando a madrinha, com o rosto afogueado, mas o avental ainda reluzente, surgiu à porta e trouxe a grata notícia de que já se poderia comer, caso estivessem todos presentes. Mas faltava ainda a maioria dos convidados, e os mensageiros que já antes haviam sido enviados para buscá-los trouxeram, como os servos no Evangelho, toda sorte de notícia, todavia com a diferença de que todos queriam efetivamente vir, mas não nesse instante;[13] este estava com trabalhadores em casa, o outro havia chamado umas pessoas e o terceiro tinha de ir a algum lugar — mas não se deveria esperar por eles e sim dar prosseguimento às coisas. Concordaram logo em seguir essa orientação, pois se fossem esperar por todos a coisa se estenderia, como se disse, até que a lua nascesse. Em meio a tudo isso, a madrinha resmungava: não haveria nada mais estúpido do que tal espera, no fundo do coração todo mundo gostaria de já estar presente, e quanto mais cedo, melhor; mas isso era algo que ninguém queria deixar transparecer. E se fossem esperar, haveria depois o trabalho de colocar tudo de novo no fogo, e nunca se sabe se a quantidade é suficiente, e tudo isso jamais tem fim.

Mas, se em relação aos ausentes logo se chegou a um consenso, com os presentes não se conseguia entrar em acordo, e havia dificuldades consideráveis em trazê-los para a sala, fazê-los sentar-se à mesa, pois ninguém queria ser o primeiro, este não queria e aquele também não. Quando, por

---

[13] Alusão à parábola, narrada nos Evangelhos de Mateus (22: 3) e Lucas (14: 15-24), sobre o rei que envia seus servos para buscar as pessoas que convidara a um banquete; os convidados, porém, recusam-se a vir sob variados pretextos.

fim, todos estavam acomodados, a sopa chegou à mesa, uma excelente sopa de carne, colorida com açafrão e enriquecida com o belo pão branco que a avó havia fatiado, uma sopa tão encorpada que praticamente não se podia ver o caldo. Nisso, todas as cabeças se descobriram, as mãos se entrelaçaram e cada um fez sua oração, longa e solenemente, ao doador de toda boa dádiva. Somente então empunharam vagarosamente a colher de cobre, esfregaram-na na bela e fina toalha e partiram para a sopa, momento em que muitos desejos se fizeram ouvir: se todos os dias houvesse uma sopa dessas, não se cobiçaria nenhuma outra coisa. Após se ter dado cabo da sopa, esfregou-se novamente a colher na toalha, o pão trançado foi passado ao redor, cada um cortou para si um pedaço e viu serem servidas as entradas em caldo de açafrão, as entradas de miolos, carne ovina, fígado azedo. Quando tudo isso foi consumido em garfadas comedidas, veio empilhada em travessas a carne bovina, carne fresca e também defumada, ao gosto de cada um; vieram ainda as vagens secas e quartos de peras refogadas,[14] acompanhados de nacos de toucinho e magníficos pedaços de lombo, proveniente certamente de porcos de várias arrobas, em esplêndida coloração vermelha e branca, muitíssimo suculentos. Tudo se sucedia lentamente, e quando chegava um novo convidado, tudo era servido de novo desde a sopa e cada um devia recomeçar do mesmo ponto de que partiam os outros, a ninguém era servido um único prato. Nesse ínterim, Benz, o pai do batizando, começou a servir diligentemente o vinho das

---

[14] No original, *Kannenbirenschnitze*: peras (*Birnen*, em alemão; mas sem o "n" na expressão suíça) em forma de jarro (*Kanne*) fatiadas em quatro partes, como acompanhamento de toucinho e carne. Sob a detalhada descrição do banquete batismal parece ocultar-se também uma advertência de Gotthelf quanto a excessos gastronômicos, que se manifestarão depois nas duas histórias narradas pelo avô.

belas garrafas brancas que continham uma medida, ricamente decoradas com brasões e sentenças. Aos convidados fora do alcance de seus braços ele incumbia outros de servir, exortava seriamente a que se bebesse, advertindo com bastante frequência:

— É para esvaziar as garrafas, o vinho está aí para ser bebido.

E quando a madrinha trazia uma travessa, ele oferecia-lhe seu copo, e outros lhe ofereciam também os seus, de tal modo que coisas muito estranhas teriam se passado na cozinha se ela tivesse a cada vez brindado e bebido devidamente.

O padrinho mais jovem teve de ouvir muita pilhéria por não saber como fazer a madrinha levantar o copo como se deve; se ele não entende bem a arte de brindar à saúde, não conquistará mulher alguma. Oh, Hans Uli não vai querer fazer a corte a nenhuma mulher, disse por fim a madrinha, hoje em dia os rapazes solteiros têm, em vez de casamento, coisas completamente diferentes na cabeça e a maioria já nem consegue conceber essa ideia. Hans Uli disse então que sua impressão não era muito diferente.[15] Essas dondocas, como são nos dias de hoje as moças em sua maioria, acabam se tornando dispendiosas; grande parte delas acha que para se converter numa genuína esposa não se necessita senão de um paninho de seda azul sobre a cabeça, luvas no verão e pantufas bordadas no inverno. Se um homem vê seu estábulo se esvaziar de vacas, ele fica certamente em maus lençóis, mas ainda dá para reverter a situação; se ele, contudo, tem uma esposa que o faz perder casa e campo, então está liquidado,

---

[15] Como o menino recém-batizado tem o mesmo nome do padrinho mais jovem, não fica claro a qual dos dois a madrinha se referiu ao dizer que Hans Uli não cortejará nenhuma mulher com intenções matrimoniais.

ele simplesmente tem de mantê-la. Por isso é mais útil tirar da cabeça ideias de casamento, pensar em outras coisas e deixar as moças em paz.

— Sim, sim, você tem toda razão — disse o padrinho mais velho, um pequeno homenzinho inexpressivo e modestamente vestido, pelo qual, porém, todos tinham grande consideração e a quem chamavam de primo, pois ele não tinha filhos, mas sim uma propriedade isenta de dívidas e juros provenientes de cem mil francos suíços.[16]

— Sim, você tem razão — continuou —, com as mulheres já não há mais muito o que fazer. Não quero dizer com isso que aqui e ali não se encontre uma que sabe administrar bem a casa, mas mulheres assim estão escassamente semeadas. Elas têm apenas estropelias e vaidade na cabeça, vestem-se como pavões, ficam esvoaçando como cegonhas atordoadas e quando uma delas precisa trabalhar uma meia jornada, é acometida de dor de cabeça por três longos dias e passa outros quatro na cama antes de voltar a si novamente. No tempo em que eu fazia a corte à minha velha as coisas eram diferentes, a gente não precisava preocupar-se com o risco de colocar em casa, não uma boa dona de casa, mas tão somente uma desmiolada, ou mesmo uma endiabrada.

— Ei, ei, padrinho Uli — disse a madrinha, que já desde certo tempo queria falar, mas não encontrava ocasião para isso —, desse jeito se vai pensar que apenas em sua época havia boas jovens camponesas. É que você não as conhece e não presta mais atenção nas moças, como é natural num homem de idade avançada; mas ainda há moças assim, como no tem-

---

[16] Parentes distantes costumavam ser tratados na Suíça como "primo" (*Vetter*); havia também a expressão *Erbvetter* ("primo de herança"), um parente rico do qual se poderia herdar algo, como parece ser o caso do padrinho mais velho, com sua propriedade livre de dívidas e o capital de cem mil francos.

po em que sua velha era jovem. Não quero vangloriar-me, mas meu pai já disse algumas vezes que, se eu continuar desse modo, ainda supero minha mãe, e esta já foi uma mulher renomada. Meu pai nunca levou ao mercado porcos tão gordos como no ano passado. O açougueiro disse-lhe algumas vezes que queria ver a mocinha que os cevou. Mas quanto aos rapazes de hoje, há muito do que se queixar; o que, pelo amor de Deus, está acontecendo com eles? Fumar cachimbo, ficar sentado na taverna, trazer de lado os chapéus brancos e arregalar os olhos como porteiras, correr atrás de tudo o que é competição de boliche, festas de caçadores e moças de má fama, isso eles fazem. Mas quando um deles tem de ordenhar uma vaca ou cultivar um campo, então não está mais em condições, e se tiver de pegar no cabo de uma ferramenta, ele se faz de desentendido como um grande senhor ou mesmo um escrevente. Eu já jurei algumas vezes para mim mesma que não vou querer marido algum, a menos que saiba com segurança como serão as coisas com ele, e se aqui e ali um deles se mostra um bom camponês, mesmo assim a gente está longe de saber que tipo de marido vai dar.

Então os outros caíram na risada, fizeram a moça enrubescer e, com o rubor, vieram também as burlas: por quanto tempo ela acha que se deva testar um rapaz até saber com certeza que espécie de marido ele será?

Entre risadas e brincadeiras foi-se abocanhando muita carne, também ninguém se esqueceu das fatias de pera refogada, até que por fim o padrinho mais velho disse: parecia-lhe que, pelo momento, todos comeram o suficiente e deveriam afastar-se um pouco da mesa; as pernas ficam muito enrijecidas sob a mesa e o cachimbo nunca cai tão bem como após se ter comido carne. Esse conselho ganhou aplausos generalizados, ainda que os pais do batizando argumentassem que não se deveria deixar a mesa; uma vez longe dela, praticamente não se consegue mais trazer as pessoas de volta.

— Não se preocupe com isso, prima — atalhou o primo —, logo que você colocar outra coisa boa sobre a mesa, você nos tem facilmente de volta, e se as pernas se esticarem um pouco a gente retorna com mais vontade ainda à mesa.

Os homens deram uma volta pelos estábulos, foram ver se ainda havia feno velho no depósito, elogiaram a bela relva e levantaram o olhar para as árvores, a fim de mensurar a grandeza da dádiva que se podia esperar delas. Sob uma das árvores que ainda floresciam o primo fez uma parada e disse que lhe parecia ser o lugar mais adequado para se acomodar e acender um cachimbinho; ali estava bem fresco e tão logo as mulheres tivessem preparado novamente algo de bom, eles estariam próximos e a postos. Logo se juntou a eles a madrinha, que com as outras mulheres havia inspecionado o jardim e outros canteiros. Depois da madrinha, vieram as mulheres e uma após a outra foi se assentando na relva, tomando todo cuidado com as saias, mas em contrapartida expondo os saiotes com as franjas vermelho-claras ao perigo de ganhar uma lembrança esverdeada da relva.

A árvore, em torno da qual o grupo inteiro se congregou, ficava num terreno acima da casa, no suave início da encosta. O que primeiro saltava aos olhos era a magnífica casa nova; mais além, os olhares podiam vagar pela outra extremidade do vale, por algumas granjas belas e prósperas e, continuando, por colinas verdejantes e vales escuros.

— Eis que vocês têm uma casa imponente e nela tudo está no lugar certo — disse o primo —, agora vocês podem morar bem e têm lugar para tudo; nunca pude entender como é possível suportar tanto tempo numa casa tão ruim quando se possui dinheiro e madeira suficiente para construir, como vocês, por exemplo.

— Não venha com brincadeiras, primo — disse o avô —, não é o caso de jactar-se de nenhum dos dois; e depois, construir é algo caótico, a gente sabe bem como começar, mas jamais como terminar e, muitas vezes, topa pelo caminho com isso ou aquilo, em cada lugar uma coisa diferente.

— A casa me agrada muitíssimo — disse uma das mulheres. — Há muito que nós deveríamos ter também uma casa nova, mas a cada vez ficamos com medo dos custos. Mas logo que meu marido chegar, ele terá de examinar bem essa casa; para mim seria como estar no céu se pudéssemos ter uma assim. Mas uma coisa eu queria perguntar, não me levem a mal; por que há ali, logo ao lado da primeira janela, aquela horrorosa ombreira negra, que combina muito mal com o restante da casa?[17]

O avô fez uma expressão pensativa, tirou umas baforadas mais fortes de seu cachimbo e disse por fim: teria faltado madeira quando a parede foi levantada, não se tinha nenhuma tábua à mão e então, na pressa e na necessidade, pegou-se algo da casa antiga.

— Mas — atalhou a mulher —, esse pedaço negro de madeira era nitidamente curto demais, ele está preenchido na parte de cima e de baixo, e qualquer vizinho lhes teria dado de todo coração um pedaço novo.

---

[17] Preludia-se aqui o símbolo central da novela, que promoverá, ao lado do motivo do batismo, a integração entre a introdução feita pelo narrador em terceira pessoa (a moldura narrativa) e os dois episódios, localizados em remoto passado, que o avô conta em primeira pessoa (as histórias emolduradas).

Nesta passagem que se refere pela primeira vez à ombreira (a viga ou trave que dá sustentação vertical à janela) Gotthelf emprega a palavra suíça *Bystel*; depois esse símbolo da novela aparece como *Fensterpfosten* (literalmente: poste, *Pfosten*, da janela, *Fenster*). Segundo uma nota do volume XVII, que contém *A aranha negra*, das obras completas de Gotthelf em 24 volumes e 18 volumes suplementares publicadas de 1911 a 1977 (*Sämtliche Werke in 24 Bänden und 18 Ergänzungsbänden*), uma ombreira escura, em que estaria encarcerada a aranha, podia ser vista numa casa do Emmental até sua demolição em 1914.

— Sim, acontece que não refletimos muito sobre isso e não podíamos ficar incomodando a todo instante nossos vizinhos, eles já nos haviam ajudado suficientemente com madeira e transporte — respondeu o velho.

— Ouça, avozinho — disse o primo —, não fique fazendo rodeios, mas diga a verdade e faça um relato sincero. Eu já escutei muitos murmúrios a esse respeito, mas no que importa mesmo, nunca pude ouvir a verdade. Agora é o momento apropriado, até que as mulheres tenham preparado o assado. Com isso, você nos proporcionaria entretenimento; queremos, portanto, ouvir um relato sincero.

O avô, contudo, demorando a declarar-se de acordo, fez ainda alguns rodeios; mas o primo e as mulheres não deram trégua, até que finalmente ele prometeu fazer o relato, todavia advertindo expressamente que lhe era muito importante que ficasse entre eles o que seria contado e não vazasse para fora. Uma coisa dessas leva muita gente a ter medo de uma casa, e em seus dias de velhice ele não queria brincar de assustar as pessoas.

— Toda vez que contemplo essa madeira — começou o venerável velho —, pergunto-me admirado como se deu que do longínquo Oriente, onde deve ter-se originado a espécie humana, pessoas chegaram até aqui e encontraram esse rincão nesse fosso estreito, e tenho de pensar então no que terão suportado os que vieram parar aqui ou para cá foram empurrados, e que tipo de gente terão sido eles. Fiz muitas averiguações a esse respeito, mas só pude apurar que essa região já era habitada bastante cedo, sim, e que Sumiswald já deve ter sido um povoado ainda antes que nosso Salvador chegasse ao mundo.[18] Mas registrado por escrito, isso não está em

---

[18] Sumiswald é uma comuna atualmente sob jurisdição do distrito administrativo do Emmental, cantão de Berna. O nome Sumiswald é men-

parte alguma. Sabe-se, contudo, que faz mais de seiscentos anos que o castelo foi erigido no lugar onde se encontra hoje o hospital; e provavelmente por essa mesma época também havia aqui uma casa que pertencia, junto com grande parte dos arredores, ao castelo, tendo de pagar-lhe o dízimo e taxas pelo uso do solo, assim como prestar-lhe corveia — sim, as pessoas viviam na servidão e sem nenhum direito próprio, como se dá agora com qualquer um logo que atinge a maioridade. As condições de vida das pessoas eram então completamente desiguais, e servos que tinham uma excelente situação habitavam lado a lado com outros que eram pesadamente oprimidos, de maneira quase insuportável, sem segurança alguma quanto à manutenção da própria vida. O estado dessas pessoas dependia a cada vez dos senhores; estes eram muito diferentes entre si e tinham poder praticamente ilimitado sobre seus servos, que não encontravam ninguém a quem pudessem prestar queixa de maneira simples e efetiva.

Por certos períodos, as pessoas que pertenciam a esse castelo devem ter sofrido bem mais terrivelmente do que a grande maioria, vinculada a outros castelos. A maior parte desses outros castelos pertencia a uma família, passava de pai para filho, e assim o suserano e seus vassalos se conheciam desde a juventude e não poucos se comportavam como um pai perante sua gente. Esse castelo logo veio a cair nas mãos de cavaleiros que se chamavam teutônicos, e o que comandava aqui era designado comendador. Acontece que havia muita permuta entre os que mandavam, e ora era alguém da terra dos saxões, ora outro alguém da terra dos suábios; não

---

cionado pela primeira vez no ano de 1130, derivado talvez da expressão latina *summa vallis*. Localizada nas proximidades do rio Verde (Grünen), Sumiswald conta hoje com cerca de 5.500 habitantes. É muito provável que Gotthelf tenha visto na igreja local o brasão do cavaleiro Hans von Stoffeln, mencionado em seguida.

se estabelecia assim nenhum vínculo mais forte e cada um trazia costumes e tradições de sua terra.[19]

Bem, acontece que eles tiveram de lutar então na Polônia e em terras prussianas contra os pagãos, e lá, embora fossem na verdade cavaleiros religiosos, acostumaram-se quase que inteiramente a uma vida pagã e se relacionavam com outros homens como se não houvesse nenhum Deus no céu; e quando afinal retornavam, achavam que estavam ainda em terras pagãs e prosseguiam no mesmo estilo de vida.[20] Pois aqueles que preferiam antes viver prazerosamente à sombra, em vez de travar lutas sangrentas em terras bravias, ou aqueles que precisavam curar seus ferimentos, fortalecer seus corpos, vieram estabelecer-se em possessões que a Ordem — assim deve ter se chamado a sociedade dos cavaleiros — possuía na Alemanha e na Suíça, e cada um agia à sua maneira, como bem entendia. Um dos mais devassos deve ter sido Hans von Stoffeln, da terra dos suábios, e sob seu domínio deve ter se desenrolado o que vocês querem saber de mim e que, entre nós na família, transmitiu-se de pai para filho.[21]

---

[19] A Ordem dos Cavaleiros Teutônicos foi instituída em 1198 com a missão de acolher e curar cruzados doentes e feridos. Com o passar do tempo, o caráter religioso da Ordem foi se enfraquecendo, conforme delineia Gotthelf, e as campanhas militares vão se tornando cada vez mais frequentes, como durante a evangelização, não isenta de violência, dos pagãos prussos (*Pruzzen*; prussianos, na designação posterior) na região da desembocadura do rio Vístula. A Ordem possuía muitas propriedades na Alemanha e na Suíça e em 1225 estabeleceu uma sede em Sumiswald. Em 1410 os cavaleiros teutônicos são derrotados por forças polonesas e lituanas na batalha de Tannenberg, o que dá início à sua decadência.

[20] O avô faz ressoar aqui certas passagens das epístolas de Paulo, por exemplo, aos Colossenses (4: 1): "Senhores, dai aos vossos servos o justo e equitativo, sabendo que vós tendes um Senhor no céu".

[21] Hans von Stoffeln foi o último comendador (*Komtur*: *commendator*, em latim; *commendeor* em francês antigo) da Ordem dos Cavaleiros Teutônicos em Sumiswald, entre 1512 e 1527. Não há registros históricos

Ocorreu a esse Hans von Stoffeln construir um grande castelo lá atrás, sobre a colina Bärhegen; o castelo se levantava naquele mesmo lugar em que hoje, quando vai armar-se um temporal amedrontador, veem-se os fantasmas que o habitam expor seus tesouros ao sol.[22] Costumeiramente os cavaleiros mandavam construir seus castelos à beira das estradas, do mesmo modo como hoje em dia se constroem as estalagens nas estradas — num e noutro caso para melhor saquear as pessoas, é verdade que de diferentes maneiras.

Mas por que o cavaleiro quis construir um castelo naquele ermo, na colina agreste e isolada, isso não sabemos; foi suficiente que ele quisesse e os camponeses que pertenciam ao castelo tiveram de pôr mãos à obra. O cavaleiro não quis saber de adequar o trabalho à estação do ano, não quis saber da preparação do feno, da colheita ou da semeadura. Tantos e tantos transportes deveriam ser realizados, tantos e tantos braços deveriam mobilizar-se, nessa e naquela data a última telha deveria estar colocada, o último prego cravado. Ainda por cima ele não abriu mão do dízimo do cereal, de nenhuma taxa sobre o uso do solo, de nenhuma galinha ou mesmo de um simples ovo que os súditos eram obrigados a fornecer na quaresma. Misericórdia era algo que ele não conhecia, necessidades de pessoas pobres, também não as conhecia.

Ele as estimulava à maneira pagã, com chicotadas e insultos, e quando alguém se cansava, movimentava-se mais

---

de que tenha agido como déspota, conforme a ficção de Gotthelf, que também toma a liberdade artística de situar a figura de von Stoffeln no século XIII. Na região cursavam, porém, várias sagas sobre casos de tirania exercida pela Ordem.

[22] *Bärhegenhubel*, no original, sendo *Hubel* o termo suíço para colina (*Hügel*). Vestígios celtas encontrados nessa elevação sugerem tratar-se de um local onde se celebravam sacrifícios pagãos. Reforça-se assim o aspecto sinistro e fantasmagórico que envolve esse castelo construído sob o despotismo do comendador von Stoffeln.

lentamente ou mesmo queria descansar, lá estava o administrador a postos, com o chicote na mão, e não se poupava nem velhice nem fraqueza. Sempre que os cavaleiros se encontravam lá em cima, divertiam-se quando o chicote estalava para valer e, no mais, praticavam não poucas patifarias com os trabalhadores; sempre que podiam dobrar arbitrariamente sua carga de trabalho, não deixavam de fazê-lo e regozijavam-se com sua angústia, com seu suor.

Finalmente o castelo ficou pronto, e as muralhas tinham cinco côvados de espessura; ninguém sabia por que razão ele fora edificado no alto da colina, mas os camponeses ficaram felizes com o fato de ele estar ali, uma vez que tinha de ser levantado naquele lugar; ficaram felizes com o último prego cravado, a última telha colocada.

Enxugaram o suor do rosto, com o coração pesaroso relancearam o olhar pelos seus campos, viram sob suspiros o quanto a funesta construção os fizera regredir. Mas diante deles abria-se um longo verão e Deus estava sobre eles; por isso recobraram ânimo e vigorosamente pegaram também no arado, consolaram mulheres e crianças que haviam sofrido dura fome e às quais o trabalho parecia agora um novo suplício.

Contudo, mal tinham conduzido o arado aos campos e veio a notícia de que todos os camponeses da propriedade deveriam reunir-se no castelo em Sumiswald num determinado anoitecer. Ficaram com receio e esperança. É verdade que jamais haviam experimentado algo de bom dos atuais habitantes do castelo, mas tão somente insolência e crueldade; porém, parecia-lhes legítimo que os senhores os recompensassem pela corveia inaudita e, como assim lhes parecia — pensaram vários deles — também os senhores teriam esse mesmo sentimento, e naquele mesmo anoitecer lhes concederiam um presente ou anunciariam uma redução em sua carga de obrigações.

Apresentaram-se pontualmente no horário estipulado, mas tiveram de aguardar por muito tempo no pátio do castelo, com os corações palpitantes e para zombaria dos criados. Também estes haviam estado em terras pagãs. Além disso, já naqueles tempos as coisas se terão passado como hoje em dia, em que todo criadinho de meia-pataca, só porque serve a um senhor, presume ter o direito de desprezar e achincalhar camponeses arraigados.[23]

Finalmente eles foram conduzidos à Sala dos Cavaleiros; diante deles abriu-se a pesada porta e em torno da mesa de carvalho maciço sentavam-se os cavaleiros de tez morena, cães ferozes a seus pés e, acima de todos, von Stoffeln, um homem poderoso e violento, que possuía uma cabeça descomunal, olhos que pareciam rodas de uma charrua, a barba como uma velha juba de leão. Ninguém quis ser o primeiro a entrar, um empurrava o outro à frente. Riram-se então os cavaleiros, de tal modo que o vinho respingou das taças e os cães avançaram raivosos. É que, quando estes veem diante de si membros trêmulos e vacilantes, o instinto lhes diz que pertencem a um animal a ser caçado. Mas os camponeses foram acometidos por uma sensação ruim, anelavam por suas casas e um procurava esconder-se atrás do outro. Quando por fim cães e cavaleiros silenciaram, von Stoffeln levantou a voz, que soou como saindo de um carvalho centenário:

— Meu castelo está terminado, mas ainda falta algo; o verão se aproxima e lá em cima não há nenhuma aleia som-

---

[23] "Meia-pataca" traduz *halbbatzig*, sendo *Batzen* uma antiga moeda suíça de baixo valor. Em vários momentos da novela, Gotthelf articula uma crítica à situação política de seu tempo ("já naqueles tempos as coisas se terão passado como hoje em dia"): nessa passagem, parece desferir uma alfinetada na presumível arrogância de funcionários públicos nomeados por partidos liberais que, na década de 1830, assumem o poder em diversos cantões suíços, entre os quais o de Berna.

breada. No prazo de um mês vocês têm de me plantar uma, vocês têm de retirar cem faias frondosas da montanha Münne, com raízes e galhos, e plantá-las na colina Bärhegen, e se faltar uma única faia, vocês me pagarão com sangue e bens. Lá embaixo há comida e bebida, mas amanhã a primeira faia tem de estar em Bärhegen.

Quando um deles ouviu o cavaleiro mencionar comida e bebida, achou que ele poderia estar de bom humor e mostrar-se clemente; assim, começou a falar do trabalho ainda a realizar e da fome de seus filhos e mulheres, e do inverno, estação em que essa ordem poderia ser melhor executada. A ira começou então a avolumar mais e mais a cabeça do cavaleiro, sua voz ribombou como trovão em penhasco e disse-lhes que eles sempre se tornam petulantes quando ele se mostra clemente. Na terra dos poloneses, quando alguém escapa apenas com a vida, beija os pés de quem o poupa, e aqui eles tinham prole e gado, teto e terra e mesmo assim não se contentavam.

— Mas, tão certo como me chamo Hans von Stoffeln, vou torná-los mais obedientes e modestos, e se no prazo de um mês as cem faias não estiverem lá em cima, dou ordem para açoitá-los até que não se veja nem mais um centímetro de suas peles, e aos cachorros jogo as mulheres e crianças.

Então ninguém ousou fazer mais nenhuma réplica, mas também ninguém foi atrás de comida e bebida; ao ser dada a iracunda ordem, comprimiram-se na direção da saída e cada um queria ser o primeiro, e ainda por longa distância acompanharam-nos a voz tonitruante de von Stoffeln, as gargalhadas dos outros cavaleiros, os uivos dos mastins.

Quando o caminho fez uma curva e eles não podiam mais ser vistos do castelo, sentaram-se às margens e choraram amargamente. Ninguém tinha consolo algum para o próximo e ninguém tinha coragem para expressar a ira cabível nessa situação, pois o flagelo e a necessidade lhes extinguiram toda coragem, de tal modo que não havia neles força alguma para a raiva, mas tão somente para o lamento. Por mais de três horas eles teriam de conduzir as árvores, com galhos e raízes, pelos caminhos inóspitos da íngreme montanha, e ao lado de tal montanha havia belas faias em grande quantidade, e estas tinham de permanecer ali! No prazo de um mês o trabalho deveria estar realizado, a cada dois dias três peças diárias e a cada terceiro dia eles teriam de arrastar quatro faias pelo longo vale, subindo a montanha íngreme com seus animais exauridos. Para coroar tudo, era o mês de maio, quando o camponês deve estar ativo em seus campos, praticamente não podendo deixá-los nem de dia nem de noite, se quiser ter pão e comida para o inverno.

Enquanto iam chorando ali desorientados, um não querendo mirar o outro, não podendo ver a miséria alheia porque a própria já lhe desabara sobre os ombros, e ninguém queria voltar para casa com a notícia, levar a miséria para mulher e filhos, eis que surgiu repentinamente diante deles, ninguém sabia de onde, um caçador vestido de verde, espichado e macilento.[24] Sobre a boina atrevida balançava uma pena vermelha, no rosto escuro flamejava uma barbicha também rubra e entre o nariz recurvado e o queixo proeminente, quase invisível como uma caverna sob rochas amontoadas, abriu-se uma boca que perguntou:

— O que aconteceu, minha boa gente, para vocês ficarem sentados aí ganindo a ponto de fazer as pedras saltarem do chão e os galhos se soltarem das árvores?

---

[24] Trata-se do diabo, como indicarão os atributos da barbicha rubra e da pena no alto do chapéu (como o próprio Goethe faz Mefistófeles apresentar-se no verso 1.538 do *Fausto I*). Em sagas e contos maravilhosos o diabo também surge algumas vezes como caçador ou em trajes verdes: por exemplo, no conto dos irmãos Grimm "O diabo do casaco verde" ("Der Teufel Grünrock").

Por duas vezes ele fez essa pergunta e por duas vezes não obteve resposta.

Então o rosto escuro do caçador verde se tornou ainda mais escuro, mais rubra a barbicha rubra e nela parecia que algo crepitava e faiscava como fogo em madeira de pinheiro; a boca abicou-se como uma flecha, depois ela se abriu e perguntou num tom suave e gracioso:

— Mas, minha boa gente, o que adianta vocês ficarem sentados aí, ganindo? Vocês podem ganir até que haja um novo dilúvio ou que a choradeira de vocês faça as estrelas saltarem do céu; mas isso provavelmente lhes terá ajudado muito pouco. Se, porém, pessoas perguntam o que há com vocês, pessoas bem-intencionadas, que talvez possam ajudá-los, então vocês deveriam responder, ao invés de ficar ganindo, deveriam dizer uma palavra sensata, isso os ajudaria muito mais.

Então um homem idoso balançou a cabeça branca e disse:

— Não nos leve a mal, mas o que nos faz chorar, não é um caçador verde que vai tirar de nossas costas, e quando o coração está abarrotado de misérias, as palavras não vêm mais à boca.

O homem verde balançou sua cabeça pontiaguda e falou:

— Paizinho, não é despropositado o que vós dizeis, mas as coisas não são bem assim. A gente pode golpear o que quer que seja, pedra ou árvore, e ela emitirá um som, irá queixar-se. Assim também o ser humano deve queixar-se, deve desabafar tudo, queixar-se à primeira pessoa que aparecer, talvez essa primeira pessoa possa prestar-lhe ajuda. Sou apenas um caçador, mas quem sabe eu não tenha em casa uma boa junta para transportar madeira e pedras ou faias e pinheiros!

Quando os pobres camponeses ouviram a palavra junta, algo entrou em seus corações, converteu-se lá numa fagulha de esperança e todos os olhares se voltaram para o caçador; a boca do velho abriu-se ainda mais e ele falou que nem sempre seria correto dizer à primeira pessoa que aparecesse o que se sente no fundo do coração; mas como se percebe pela sua fala que ele está com boas intenções, que talvez possa ajudar, então não se fará nenhum segredo diante dele. Por mais de dois anos os camponeses tinham sofrido terrivelmente com a construção do novo castelo, não havia família em todo aquele domínio que não estivesse passando amargas necessidades. Somente agora teriam respirado aliviados, na suposição de estarem finalmente com as mãos livres para o próprio trabalho e assim teriam levado o arado aos campos com ânimo renovado; e eis que o comendador lhes ordena plantar junto ao castelo, no prazo de um mês, uma nova aleia sombreada com faias frondosas da montanha Münne. Eles não sabiam como executar a ordem nesse prazo com seus animais exauridos, e mesmo que a executassem, o que lhes adiantaria? Não conseguiriam fazer o plantio e teriam depois de morrer de fome, caso o duro trabalho já não os matasse antes. Eles não podiam levar essa notícia para casa, não queriam despejar a nova lástima sobre a velha miséria.

 O caçador verde assumiu então uma expressão de grande compaixão, levantou ameaçadoramente a mão longa, magra e escura na direção do castelo e se ensoberbeceu em severa vingança contra tal tirania. Mas a eles, camponeses, ele queria ajudá-los. Sua junta, como não havia igual nessas terras, iria transportar até Bärhegen, partindo do lado de cá de Sumiswald, todas as faias que eles conseguissem levar até o declive da igreja;[25] ele faria isso por amor a eles, como resistência aos cavaleiros e por um pagamento irrisório.

---

[25] *Kilchstalden*, no original, sendo *Kilche* a forma suíça (dialeto alemânico) de *Kirche*, igreja.

Diante desse oferecimento inesperado os pobres homens apuraram os ouvidos. Pudessem eles entrar em acordo quanto ao pagamento, estariam salvos, pois até o declive da igreja eles conseguiriam levar as faias sem que o trabalho na plantação fosse negligenciado e eles sucumbissem. Por isso o velho disse:

— Diga-nos então o que você quer em troca, para que possamos fechar o negócio.

O Verde fez então uma cara de finório; sua barbicha crepitou, seus olhos cintilaram na direção dos camponeses, como olhos de serpente, e dos cantos da boca saiu uma risada horrorosa quando ele a abriu, dizendo:

— Como eu disse, não estou cobiçando muita coisa, nada mais do que uma criança não batizada.[26]

A palavra reluziu em meio aos homens como um relâmpago, de seus olhos caiu uma venda e eles se dispersaram como joio ao rodopio do vento.

Então o Verde soltou uma risada tão estridente que os peixes se esconderam no riacho, os pássaros buscaram o interior das matas, a pena balançou horripilantemente em sua boina e a barbicha se movimentou para cima e para baixo.

— Reflitam bem ou procurem se aconselhar com suas mulheres; na terceira noite vocês me encontrarão aqui nova-

---

[26] O motivo do batizado, central na moldura narrativa em primeira pessoa (situada por volta de 1840), é retomado agora na primeira história emoldurada, que se passa no século XIII (e não por volta de 1347, quando eclode a grande pandemia de peste negra). Em antigas crendices (mescladas, porém, de elementos cristãos) uma criança não batizada seria especialmente vulnerável à ação do diabo e de forças malignas. Também essa superstição foi combatida por Gotthelf e já em seu primeiro romance, *O espelho-camponês*, o eu-narrador Jeremias Gotthelf (que a partir de então se torna o pseudônimo do pastor Albert Bitzius) graceja com o temor de seus pais de que ele poderia falecer antes do batismo e perder assim a graça divina.

mente! — bradou atrás dos que fugiam com voz tão penetrante e forte que as palavras ficaram presas em seus ouvidos, como flechas com farpas ficam incrustadas na carne.

Pálidos e tremendo na alma e por todos os membros, os homens debandaram para casa, levantando pó na estrada; nenhum dos camponeses quis olhar para o outro, por nada deste mundo alguém teria virado o pescoço. Quando os homens chegaram assim transtornados, como pombas perseguidas por ave de rapina que se precipitam para o interior do pombal, o horror adentrou com eles em todas as casas e todo mundo estremeceu diante da notícia que agitava seus membros.

Frementes de curiosidade, as mulheres se arrastaram atrás dos homens até que os encurralaram em lugares onde se podia trocar calmamente uma palavra confidencial. Então cada um deles teve de contar à esposa o que lhes fora dito no castelo, e elas os ouviram com ira e maldições; tiveram de dizer com quem eles haviam topado e o que lhes fora proposto. Um medo inominável apoderou-se das mulheres, um grito de dor ecoou por montanhas e vales e para cada uma delas foi como se o maligno tivesse cobiçado o seu próprio filho. Uma única mulher não gritou como as outras. Essa mulher resoluta e enérgica terá sido uma alemã de Lindau e ela morou aqui neste mesmo lugar em que estamos.[27] Ela tinha ferozes olhos negros e não temia muito nem a Deus nem aos homens. Ela já havia se enfurecido por não terem os homens, pura e simplesmente, rechaçado a pretensão do cavaleiro; estivesse ela presente, e o teria enfrentado, disse ela. Quando ouviu

---

[27] Lindau é uma cidade alemã no estado da Baviera, às margens do lago de Constança (*Bodensee*, em alemão). Gotthelf apoia-se aqui em crônicas que registram a presença de uma mulher de Lindau em Sumiswald a partir de 1704; como se tratava de uma mulher ligada a acontecimentos obscuros e suspeitos, esse detalhe histórico integrou-se bem ao propósito do novelista Gotthelf de apresentar o elemento estrangeiro, sobretudo oriundo da Alemanha, como pernicioso às tradições locais.

falar do caçador verde e de sua proposta, e de como os homens se debandaram, então sua fúria recrudesceu e os descompôs por causa de sua covardia e por não terem se atrevido a encarar o Verde de frente. Talvez ele tivesse se contentado também com outro pagamento e, como o trabalho seria de qualquer modo para o castelo, não haveria dano algum para suas almas se o diabo o fizesse. Ela enraiveceu-se do fundo da alma por não ter estado presente, nem que fosse apenas para ver uma vez o diabo e assim ficar conhecendo sua aparência. Por isso essa mulher não chorou, mas em sua ira dirigiu duras palavras ao marido e aos outros homens.

No dia seguinte, quando o grito de dor se atenuara em leve choramingo, os homens se reuniram em busca de conselho, mas não atinaram com nada. De início falou-se em apresentar novo pedido junto ao cavaleiro; mas ninguém queria ir até lá com o pedido, ninguém queria arriscar a própria pele. Um deles quis enviar mulheres e crianças com choros e lamentos, mas este logo emudeceu quando as mulheres começaram a falar; pois já naquela época as mulheres ficavam nas proximidades quando os homens se reuniam para deliberar. Não souberam aconselhar outra coisa senão prestar obediência em nome de Deus; queriam encomendar missas para ganhar a assistência divina, queriam pedir aos vizinhos que os ajudassem secretamente de madrugada, pois ajuda à luz do dia os senhores não teriam tolerado. Queriam também dividir seus esforços; metade deveria ocupar-se das faias, a outra metade deveria semear aveia e cuidar do gado. Desse modo, e com ajuda de Deus, esperavam levar diariamente pelo menos três faias até Bärhegen. Do Verde ninguém mais falou nada; se ninguém pensou nele, isso não foi registrado.

Os homens se dividiram, prepararam as ferramentas e, quando o primeiro dia de maio transpôs seu umbral, reuniram-se na montanha Münne e deram início ao trabalho com ânimo recomposto. Um amplo círculo precisava ser cavado em torno das faias, as raízes tinham de ser cuidadosamente poupadas, as árvores cuidadosamente deitadas ao chão para que não sofressem nenhum dano. A manhã ainda não ia alta no céu e três faias já estavam preparadas para o transporte, pois a cada vez deveriam ser conduzidas três unidades, para que os camponeses pudessem ajudar-se mutuamente, com braços e animais, pelo árduo caminho. Mas o sol já assinalava o meio-dia e eles ainda não haviam saído da floresta com as três faias; ele já estava atrás das montanhas e o carregamento ainda não havia transposto Sumiswald. Tão somente a manhã seguinte veio encontrá-los ao sopé da montanha sobre a qual se levantava o castelo e onde as faias deveriam ser plantadas. Era como se uma má estrela exercesse sua influência sobre eles. Uma adversidade atrás da outra os atingia: arreios se rompiam, carros quebravam, cavalos e bois caíam ou recusavam-se a obedecer. O dia seguinte transcorreu de maneira ainda mais funesta. Novas penúrias acarretavam novos esforços, os miseráveis gemiam sob o trabalho ininterrupto e ainda nenhuma faia estava lá em cima, nenhuma quarta árvore transpusera Sumiswald.

O cavaleiro von Stoffeln insultava e amaldiçoava; quanto mais insultava e praguejava, tanto mais se irradiava a influência da má estrela, tanto mais recalcitrantes se tornavam os animais. Os outros cavaleiros riam, escarneciam e divertiam-se sobremaneira com o estrebuchar dos camponeses e a ira de von Stoffeln. Eles já haviam rido de seu novo castelo sobre o cume descalvado. Então aquele jurara: no prazo de um mês haveria de erguer-se um belo caramanchão lá em cima. Por isso ele amaldiçoava, por isso riam-se os cavaleiros, e chorar cabia aos camponeses.

Um pavoroso desânimo apoderou-se destes, não tinham um único carro inteiro, nenhum transporte que não estivesse danificado, em dois dias nem sequer três faias haviam sido levadas ao lugar devido e todas as forças estavam exauridas.

Jeremias Gotthelf

Caiu a noite, nuvens negras se levantaram, relampeou pela primeira vez nesse ano. Os homens se sentaram pelo caminho, era a mesma curva em que haviam se acomodado três dias atrás, mas eles não sabiam. Lá estava o camponês de Hornbach, o marido da alemã de Lindau, com dois servos, e havia ainda outros homens sentados junto a eles. Queriam esperar nesse lugar pelas faias que deveriam vir de Sumiswald, queriam meditar em paz sobre sua miséria, queriam dar repouso a seus membros destroçados.

Chegou então, portando uma grande cesta sobre a cabeça, uma mulher, e vinha com tanta pressa que por pouco não assobiou como assobia o vento ao escapar por uma fresta. Era Cristina, a alemã de Lindau, esposa do camponês de Hornbach, que a conhecera quando partiu certa vez com seu senhor para uma campanha militar. Ela não era dessas mulheres que se contentam em ficar em casa, dedicando-se em paz aos seus assuntos, e que, assim, não se preocupam senão com a vida doméstica e os filhos. Cristina queria saber o que se passava ao redor, e onde ela não podia dar seu conselho, as coisas descambavam, achava ela.

Por isso ela não quis enviar uma criada com a comida, mas colocou a pesada cesta sobre a própria cabeça e por longo tempo ficou procurando os homens em vão.

Soltou, portanto, algumas ásperas palavras tão logo os encontrou. Entretanto, ela não permaneceu ociosa ali; ela conseguia falar e trabalhar com as mãos ao mesmo tempo. Colocou a cesta no chão, destampou a grande panela que continha o mingau de aveia, serviu o pão e o queijo, enfiou para o marido e os servos uma colher no mingau e exortou a comer também os outros que estavam em jejum. Perguntou em seguida pela jornada de trabalho dos homens e o quanto haviam conseguido nos dois dias. Mas os homens haviam perdido a fome e a língua, ninguém empunhou a colher, ninguém tinha uma resposta. Somente um pequeno criado sem preocupação alguma, a quem era indiferente se chovesse ou fizesse sol durante a colheita, conquanto que o ano transcorresse, o salário viesse e a cada refeição a comida estivesse sobre a mesa, tomou da colher e relatou a Cristina que ainda nenhuma faia havia sido plantada e que tudo se passava como se estivessem enfeitiçados.

A mulher de Lindau esbravejou que isso era pura imaginação e que os homens estavam se comportando como mulheres em quarentena pós-parto; acocorados aí com gemidos e lágrimas, não levariam nenhuma faia até Bärhegen. Se o cavaleiro descarregasse sua prepotência sobre eles, teriam apenas o castigo merecido; mas por causa das mulheres e crianças a situação precisava ser enfrentada de outra maneira.

Repentinamente estendeu-se então sobre os ombros da mulher uma longa mão negra, e uma voz estridente exclamou:

— Sim, ela tem razão! — e em meio a todos estava o caçador verde com um sorriso irônico no rosto, a pena rubra em seu chapéu balançando jocosamente. O terror fez os homens precipitarem-se dali, galgaram a encosta levantando poeira, como joio ao rodopio do vento.

Somente Cristina, a de Lindau, não pôde fugir; ela estava vivenciando como a gente se depara com o diabo em pessoa ao pintá-lo na parede.[28] Ela permaneceu ali como que encantada, tendo de mirar a pena rubra na boina e a barbicha vermelha se movimentando jovialmente para cima e para baixo no rosto escuro. O Verde soltou uma risada estridente atrás dos homens, mas perante Cristina ele assumiu uma expressão carinhosa e tomou sua mão com gesto cava-

---

[28] Gotthelf faz ressoar o provérbio alemão "pintar o diabo na parede" (*den Teufel an die Wand malen*), no sentido de que ele aparece em pessoa tão logo seja "pintado na parede", ou seja, invocado ("falando do diabo, aparece o rabo").

lheiresco. Cristina quis puxá-la, mas não lhe foi possível subtraí-la ao Verde e pareceu-lhe ouvir carne chamuscando entre tenazes incandescentes. E ele começou a dizer belas palavras, ao som das quais sua rubra barbicha cintilava e movia-se lubricamente. Fazia muito tempo que ele não via uma mocinha tão bonita assim, disse ele, e o coração se regozijava em seu peito; além disso, ele adora as moças corajosas, exatamente estas são as suas preferidas, as que são capazes de permanecer quando os homens fogem em debandada.

Falando desse modo, o Verde ia se tornando cada vez menos assustador para Cristina. Com ele é possível trocar uma palavra, pensava ela, e não havia razão alguma para fugir, ela já tinha visto homens muito mais devassos. Um pensamento foi penetrando cada vez mais fundo em seu íntimo: com este se poderia fazer algum negócio, e se a pessoa souber encontrar o tom adequado para uma conversa, o Verde certamente lhe prestaria algum favor e ao fim e ao cabo se poderia ludibriá-lo, como aos demais homens. Ele não conseguia saber, continuou o Verde, por que razão as pessoas se retraem tanto diante dele, que sempre tem as melhores intenções com todo mundo; e se as pessoas se mostram tão grosseiras com ele, não devem se admirar de que ele não lhes faça sempre o que gostaria de fazer. Cristina criou então coragem e respondeu: mas também ele assusta todo mundo de uma maneira terrível. Por que ele foi exigir logo uma criança não batizada? Ele poderia ter falado de algum outro pagamento, a coisa pareceu muito suspeita às pessoas; uma criança, afinal, também é um ser humano, e entregar de bom grado uma que ainda não foi batizada, isso nenhum cristão irá fazer.

— É o meu pagamento, estou acostumado desse modo e por outra remuneração não saio a campo. E para que tanto rebuliço por causa de uma criança que ninguém conhece ainda? Sendo tão novinha assim, é mais fácil entregá-la, pois ela ainda não deu alegria ou trabalho a ninguém. Mas, para mim, quanto mais novinha, melhor; quanto mais cedo eu puder começar a educar uma criança ao meu modo, tanto mais longe poderei levá-la, e para isso eu não tenho necessidade do batismo e também não quero.

Cristina percebeu muito bem que ele não se contentaria com nenhum outro pagamento; mas em seu íntimo foi-se avultando o seguinte pensamento: este não haverá de ser o único que não se possa enganar.

Por isso ela disse: mas se alguém quiser receber algo, esse alguém tem de contentar-se com o pagamento que se pode oferecer-lhe; no momento eles não tinham em casa alguma um bebê não batizado, e no prazo de um mês também não teriam nenhum, e nesse período as faias precisariam ser entregues. O Verde fez algumas cortesias bajuladoras e disse:

— Mas eu não quero a criança antecipadamente. Tão logo eu tenha a promessa de que a primeira criança me será entregue sem o batismo, eu já me dou por satisfeito.

Essas palavras agradaram muito a Cristina. Ela sabia que por um tempo considerável não nasceria nenhuma criança nos domínios senhoriais a que pertenciam. E uma vez que o Verde tivesse cumprido sua promessa e as faias estivessem plantadas, não seria necessário dar-lhe mais nada, nem criança nem qualquer outra coisa; mandariam rezar missas como ajuda e proteção e assim, pensava Cristina, zombariam impavidamente do Verde.

Portanto, agradeceu calorosamente pela ótima proposta e disse: essa oferta deveria ser levada em consideração, e ela gostaria de conversar a respeito com os homens.

— Sim — disse o Verde —, não há mais o que pensar ou discutir. Eu os convoquei para hoje e quero agora uma posição; tenho ainda o que fazer em vários outros lugares e não estou aqui unicamente por causa de vocês. Você tem de me dizer sim ou não, depois não quero mais saber desse negócio.

Cristina quis ainda emaranhar o assunto, pois não queria colocar a responsabilidade apenas sobre seus ombros; teria até mesmo se mostrado carinhosa para obter um protelamento; mas o Verde não estava disposto a isso, não vacilou e disse:

— Agora ou nunca.

Mas tão logo o negócio se fechasse em torno de uma criança, ele levaria a cada madrugada tantas faias até Bärhegen quantas fossem depositadas, antes da meia-noite, no declive da igreja, que era onde ele queria recebê-las.

— É isso, formosa mulher, não pondere mais — disse o Verde, e deu galhardamente algumas batidinhas nas faces de Cristina. Nisso, foi o coração da mulher que bateu forte, e Cristina teria preferido envolver os homens na história para poder depois atribuir-lhes a culpa. Contudo, o tempo urgia, nenhum homem estava ali para fazer as vezes de bode expiatório e não lhe abandonava a crença de que ela era mais esperta do que o Verde e que certamente lhe ocorreria alguma ideia para despachá-lo com o rabo entre as pernas. Por isso ela disse: no tocante à sua pessoa, ela gostaria de dar o sim; se, porém, mais tarde os homens não quiserem, a responsabilidade não seria dela e ele não poderia fazê-la pagar por isso. Com a promessa de que Cristina faria o que estivesse ao seu alcance, ele já se daria por satisfeito, disse o Verde. Nesse instante um arrepio confrangeu o corpo e a alma da mulher; agora, pensou Cristina, vem o terrível momento em que ela deverá assinar o pacto com sangue de seu sangue e entregá-lo ao Verde. Mas ele tornou tudo mais fácil dizendo que de mulheres bonitas ele nunca exige assinatura, contentando-se com um beijo. Com isso, ele abicou os lábios na direção do rosto de Cristina e ela não pôde fugir, ficou de novo como que encantada, hirta e sem reação. Os lábios abicados roçaram o rosto de Cristina e lhe pareceu que uma ponta de ferro incandescente lhe atravessasse corpo e alma, ossos e medula. Um relâmpago amarelo refulgiu entre os dois e revelou a Cristina o rosto demoníaco do Verde, contorcendo-se em esgares de alegria, e um trovão ribombou sobre ela, como se o céu tivesse se fendido.

O Verde desaparecera e Cristina permaneceu ali petrificada, como se naquele terrível momento seus pés tivessem fincado profundas raízes no solo. Por fim ela recobrou o domínio sobre os membros, mas em seu íntimo tudo rugia e zunia, como se uma poderosa torrente lançasse suas águas por sobre rochedos altos como torres e se precipitasse em escuros abismos. Do mesmo modo como não se ouve a própria voz em meio ao trovejar das águas, assim também Cristina não tinha consciência dos próprios pensamentos em meio aos rugidos que ribombavam dentro de si. Involuntariamente ela fugiu montanha acima e sentia sua face queimar com crescente intensidade na área em que a boca do caçador verde a tocara; ela esfregava, lavava, mas o fogo não diminuía.

Adveio uma noite selvagem. Nos ares e nas fendas rochosas ouviam-se uivos e rugidos, como se espíritos noturnos celebrassem bodas nas nuvens negras, os ventos executassem tresloucadas cirandas para a dança horripilante, os relâmpagos fossem as tochas nupciais e o trovão abençoasse o matrimônio. Nessa época do ano ninguém jamais vivenciara uma madrugada como essa.

No sombrio vale cravado entre montanhas havia intensa movimentação em torno de uma grande casa e muitos se espremiam sob seu teto protetor. Normalmente, quando desaba semelhante tempestade, o temor em relação ao lar impele o homem do campo a buscar o próprio teto e, velando com toda atenção, ele guarda e protege a própria casa enquanto o temporal persiste no céu. Mas agora a penúria geral podia mais do que o medo do temporal. Ela os espremera nessa casa, pela qual tinham de passar aqueles que a tempestade afugentara da montanha Münne e aqueles que haviam se evadido de Bärhegen. Esquecendo-se da própria miséria diante do horror da noite, ouviam-se os lamentos e rancores que a má sorte arrancava de todos. Para coroar a desgraça, juntou-se ainda um alvoroço na natureza. Cavalos e bois tornavam-se ariscos, embotados, despedaçavam as carroças, precipitavam-se de rochedos e, gravemente feridos, alguns gemiam em meio a lancinantes dores e outros bramiam com os membros dilacerados, que os camponeses tentavam enfaixar ou recolocar no lugar.

A essa miséria acorriam também, em angústia apavorante, aqueles que haviam visto o Verde e, trêmulos, relatavam agora a renovada aparição. A multidão ouvia trêmula o que os homens narravam, espremia-se de todos os cantos da vasta e sombria sala na direção da lareira, em torno da qual os homens estavam sentados. E toda vez que o vento corria pelos caibros do teto ou o trovão rolava por sobre a casa, a multidão soltava gritos, acreditando que o caçador verde arrombava o teto para apresentar-se no meio deles. À medida, porém, que ele não vinha e o pavor diante de sua aparição ia se esvanecendo, e como também a velha miséria persistia e a lamúria dos infelizes ganhava voz, começaram a levantar-se aos poucos aqueles pensamentos que tão facilmente levam o homem em dificuldades a perder sua alma. Começaram a calcular quão mais valiosos eles eram em comparação com uma simples criança não batizada; esqueciam-se cada vez mais de que a culpa por uma única alma pesa mil vezes mais do que a salvação de milhares e milhares de vidas humanas.

Aos poucos tais pensamentos começaram a se tornar audíveis e a se misturar, como palavras compreensíveis, aos gemidos de dor dos que sofriam. Fizeram-se perguntas mais específicas sobre o Verde, lamentou-se não tê-lo arrostado com argumentos eficazes; ele não teria levado ninguém consigo, e quanto menos ele for temido, menos mal poderá fazer ao ser humano. Quem sabe não teriam podido ajudar todo o vale se o coração tivesse batido no compasso certo. Então os homens começaram a se desculpar. Eles não diziam que não se pode brincar com o diabo, não diziam que quem lhe empresta um ouvido logo tem de entregar-lhe toda a cabeça; falavam antes da terrível figura do Verde, de sua barba flamejante, da pena ignescente em seu chapéu, semelhante a uma torre de castelo, e do pavoroso cheiro de enxofre que eles não teriam conseguido suportar. Mas o marido de Cristina, acostumado a que sua voz só adquirisse força com a aprovação da esposa, disse que eles deveriam perguntar isso à sua mulher, ela poderia responder-lhes se alguém teria podido aguentar o fedor; e disse que ela era uma mulher de coragem, todo mundo sabia disso. Todos os olhares procuraram então por Cristina, mas nenhum a encontrou. Cada um havia pensado apenas em salvar a própria pele, e não nos outros; e os que se encontravam agora em segurança achavam que os demais também o estariam. Então se deram conta de que não tinham visto mais Cristina desde aquele momento horroroso e que ela não os acompanhara à casa. Nisso o marido começou a lastimar-se e, com ele, todos os outros, pois pressentiam que tão somente Cristina saberia como ajudar.

De repente a porta se abriu e Cristina apareceu no meio deles; escorria água dos cabelos, as faces avermelhadas, os olhos, mais escuros do que nunca, ardiam num fogo sinistro. Uma solidariedade a que Cristina não estava acostumada a recebeu, e cada um queria contar-lhe tudo o que pensara e dissera, e também a preocupação que sentira por ela. Cristina logo percebeu o que isso significava e ocultou a ebulição em seu íntimo atrás de palavras escarnecedoras, censurou aos homens a fuga precipitada e o fato de ninguém ter se preocupado com uma pobre mulher, de ninguém ter se voltado para ver o que o Verde fazia com ela. Irrompeu então uma tempestade de curiosidade e cada um queria saber antes de tudo como o Verde se comportara, sendo que as pessoas que estavam mais atrás subiram em cadeiras e outras coisas para melhor ver e ouvir a mulher que estivera tão próxima daquela figura. Ela não deveria dizer nada, considerou Cristina primeiramente, pois ninguém ali o merecia; como estrangeira, ela sempre fora maltratada no vale, as mulheres lhe lançavam nomes pejorativos, por toda parte os homens a deixavam na mão. E se ela não tivesse raciocinado melhor do que todos, se também não tivesse mais coragem, agora não haveria ali nem consolo nem solução alguma. Por longo tempo Cristina continuou falando desse modo, lançou duras palavras contra as mulheres que jamais quiseram acreditar-lhe que o lago de Constança é maior do que a lagoa do castelo;[29] e quanto mais insistiam, mais inflexível ela parecia tornar-se. Baseava essa postura, sobretudo, no fato de que interpretariam mal aquilo que ela tinha a dizer e que, se a coisa tivesse um desfecho feliz, ninguém lhe dispensaria agradecimento algum; mas se terminasse mal, toda a culpa e responsabilidade recairiam sobre seus ombros.

Estando por fim toda a assembleia como que de joelhos perante Cristina, pedindo e implorando, e quando também os feridos passaram a soltar altos brados e a suplicar, ela pareceu então abrandar-se e começou a narrar como enfrentou firme o Verde e negociou um acordo com ele. Mas não disse nada sobre o beijo, nada sobre a queimação que sentiu na face e como tudo rodopiou em seu íntimo. Todavia contou o que, desde então, passou a tramar em seu espírito astucioso. O mais importante de tudo é que as faias sejam transportadas até Bärhegen; uma vez plantadas no alto da colina, eles ainda veriam o que fazer; o principal é que até lá, tanto

---

[29] A cidade de Lindau, da qual provém a pactuária Cristina, fica às margens do lago de Constança, que, com uma superfície de 536 km², espraia-se por três países (Alemanha, Áustria e Suíça).

quanto lhe era conhecido, não nasceria nenhuma criança na comunidade.

Ouvindo essa narração, muitos sentiram um frio percorrer a espinha; mas a ideia de que depois ainda poderiam estudar o que fazer, dela, todos gostaram.

Apenas uma jovem mulher chorou tão amargamente que teria sido possível lavar as mãos sob seus olhos, mas ela não disse palavra alguma. Em contrapartida, uma anciã venerável, de estatura elevada e com um rosto perante o qual as pessoas tinham de se curvar ou fugir, pôs-se no centro da reunião e disse que arriscar o certo pelo incerto equivaleria a agir esquecendo-se de Deus e brincando com a vida eterna. Quem se envolve com o maligno não se desvencilha mais do maligno, e quem lhe oferece o dedo, logo cai de corpo e alma sob sua possessão. Ninguém mais senão Deus poderia ajudar a sair dessa miséria; mas quem o abandona na necessidade, naufraga na necessidade. Desta vez, contudo, desprezaram o discurso da anciã e ainda ordenaram à jovem mulher que se calasse; com choro e gemidos não se poderia auxiliar ninguém, e a situação exigia ajuda de outra espécie, disseram.

Logo se acordou em fazer uma tentativa. Mesmo na pior das hipóteses, a história não poderia terminar tão mal assim; e também não seria a primeira vez que seres humanos teriam ludibriado os espíritos mais nefastos. Se eles, porém, ficarem sem alternativa, um sacerdote certamente saberia aconselhar e encontrar uma saída. Todavia, na alma ensombrecida, mais de um terá pensado, como de fato se revelou mais tarde: não vale a pena colocar em jogo tanto dinheiro e tanto esforço por causa de uma criança não batizada.

Uma vez tomada a decisão proposta por Cristina, então foi como se todos os redemoinhos colidissem sobre a casa, como se os exércitos de caçadores verdes passassem turbilhonando;[30] as colunas da casa vacilaram, as vigas se dobraram, árvores se estilhaçaram nas paredes como lanças contra o peito encouraçado de um cavaleiro. Lá dentro os homens empalideceram, o horror os acometeu, mas não revogaram a decisão; à primeira claridade do dia, puseram-se a executá-la.

Era uma manhã bela e luminosa, tempestades e bruxarias haviam desaparecido; os machados golpeavam tão afiados como nos bons tempos, o solo estava macio e cada faia caía exatamente no lugar desejado; nenhum veículo voltou a quebrar, os animais mostravam-se obedientes e vigorosos, os homens como que protegidos de todo acidente por uma mão invisível.

Só uma coisa causava estranheza. Naquela época não havia ainda abaixo de Sumiswald nenhuma trilha que levasse ao vale mais atrás, por lá se espraiava ainda o pântano irrigado pelo indômito rio Verde;[31] precisava-se subir então o declive atravessando a aldeia, passando rente à igreja. Como nos primeiros dias, os camponeses organizaram três transportes por vez, para que dessa forma pudessem ajudar-se mutuamente com conselhos, com os próprios braços e com animais; e agora eles precisavam apenas passar por Sumiswald, sem cortar a aldeia, mas tomando o declive da igreja, onde havia uma pequena capela. Pouco abaixo, num terreno plano, estava o lugar em que tinham de depositar as faias. Tão

---

[30] O folclore alemão registra relatos sobre um fantasmagórico exército que rodopia pelos ares em certas madrugadas, conduzido por um "caçador selvagem" (*wilder Jäger*) que, dependendo da região, porta um nome mítico (como *Wode* ou *Helljäger*) ou com associações históricas (por exemplo, Dietrich von Bern, herói de diversas epopeias alemãs e escandinavas e identificado por vezes, na historiografia medieval, com o rei ostrogodo Teodorico, o Grande, 454-526).

[31] O rio Verde, com uma extensão de 10 km, é um dos tributários do rio Emme, na região do Emmental.

logo deixavam o declive para trás e aproximavam-se da igreja pelo terreno plano, os veículos não se tornavam mais leves e sim, ao contrário, mais e mais pesados; eles eram obrigados a atrelar novos animais, tantos quantos tinham à disposição, precisavam açoitá-los de maneira desumana, ajudar a girar as rodas com as próprias mãos; nisso os cavalos mais mansos recalcitravam, como se algo invisível viesse do cemitério atrás da igreja e se postasse em seu caminho, e um surdo badalar, quase como o eco perdido de um sino fúnebre, vinha da igreja, de tal modo que um horror peculiar apoderava-se mesmo dos mais fortes entre eles, e animais e homens tremiam toda vez que se aproximavam da igreja. Mas logo que a deixavam para trás, podiam prosseguir o caminho tranquilamente, descarregar tranquilos e partir tranquilos para um novo carregamento.

Nesse mesmo dia seis faias foram depositadas lado a lado no local estabelecido, e na manhã seguinte seis faias estavam plantadas lá em cima em Bärhegen; e por todo o vale ninguém ouvira qualquer eixo rangendo em torno dos malhetes, ninguém ouvira os costumeiros brados dos condutores, o relincho dos cavalos, o mugido monocórdio dos bois. Mas seis faias estavam lá em cima, qualquer um que quisesse podia vê-las, e eram as seis faias que haviam sido colocadas no declive, e não outras.

Em todo o vale levantou-se imensa admiração e a curiosidade se agitou em muitas pessoas. Especialmente os cavaleiros ficaram intrigados com o tipo de pacto que os camponeses teriam fechado e se perguntaram de que modo as faias teriam sido transportadas. Quiseram extrair-lhes o segredo à maneira pagã. Mas logo viram que os próprios camponeses não sabiam de tudo e se mostravam, eles mesmos, um tanto assustados. Além disso, o comendador von Stoffeln proibira-lhes tal coisa. A ele não apenas era indiferente de que forma as faias chegavam em Bärhegen; mais do que isso: uma vez cumprida a determinação de levar as árvores para cima, era-lhe preferível que os camponeses fossem poupados no decorrer do trabalho. Ele havia percebido muito bem que a zombaria dos cavaleiros o fizera cometer um ato irrefletido, pois se os camponeses perecessem e os campos não fossem cultivados, o prejuízo maior recairia sobre os fidalgos. Acontece que a ordem já dada por von Stoffeln tinha de ficar de pé. Por isso estava inteiramente de acordo com o alívio, não importava de que espécie, que os camponeses se proporcionaram e lhe era indiferente se para isso haviam vendido suas almas; pois que importância tinham almas de camponeses depois que a morte se apoderasse de seus corpos? Agora era sua vez de rir-se de seus cavaleiros, ao mesmo tempo que protegia os camponeses da petulância daqueles.

Os cavaleiros, todavia, quiseram investigar o negócio e enviaram escudeiros para fazer a ronda; na manhã seguinte foram encontrados semimortos em valas nas quais os arremessara uma mão invisível. Dois cavaleiros marcharam então na direção de Bärhegen. Eram guerreiros intrépidos e onde havia desafios a superar em terras pagãs, eles tomavam a frente e os superavam. De manhã foram encontrados ao chão, com todos os membros enrijecidos; recobrando domínio sobre a fala, disseram que um cavaleiro vermelho, munido de flamejante lança, os tinha prostrado. Aqui e ali uma alma feminina mais curiosa não pôde se abster de espreitar, quando dava meia-noite, por uma fresta ou buraco na direção do vale. Uma corrente de vento maléfico logo vinha bafejar-lhe; o rosto inchava muito, durante semanas não se podiam distinguir mais nem nariz nem olhos e mesmo a boca não se encontrava com facilidade. As pessoas perderam então a vontade de espiar e nenhum olho se voltou mais para o vale quando a meia-noite o envolvia.

Certa vez a morte chegou repentinamente para um homem; ele precisava do último consolo, mas ninguém podia partir em busca do sacerdote porque a meia-noite estava próxima e o caminho passava pelo declive da igreja. Então um rapazinho inocente, querido de Deus e dos homens, saiu correndo espontaneamente na direção de Sumiswald, pois temia pelo pai. Quando se aproximou do declive, viu de lá as faias se levantarem do chão, cada uma puxada por dois esquilos de fogo, e viu ao lado um homem verde cavalgando sobre um bode negro. Tinha nas mãos um açoite de fogo, no rosto uma barba flamejante e sobre o chapéu balançava, ardente como brasa, uma pena. Assim o cortejo foi avançando pelo ar, acima de todas as encostas e rápido como o raio. Foi isso o que o menino viu, e ninguém lhe fez mal algum.[32]

Nem bem se passaram três semanas e noventa faias se erguiam em Bärhegen, formando um belo caminho sombreado, pois todas vicejavam magnificamente e nenhuma secara. Mas os cavaleiros e o comendador von Stoffeln não iam passear ali com frequência, soprava-lhes toda vez um inquietante pavor; teriam preferido esquecer toda essa história, mas ninguém lhe colocava um ponto final e cada um se consolava pensando que, se a coisa terminasse mal, a culpa seria do outro.

Os camponeses, contudo, regozijavam-se com cada faia que ia parar lá em cima, pois com cada faia crescia a esperança de satisfazer ao senhor e enganar o Verde. É que este não tinha garantia alguma e, quando a centésima estivesse

---

[32] Tem-se aqui exemplo expressivo da componente modernamente grotesca na novela de Gotthelf: deformação dos elementos, mescla bizarra do âmbito animal, humano e demoníaco, estranhamento que gera a sugestão de uma atmosfera onírica etc. Passagens como esta, marcada pela imagem que junta os esquilos rubros, o homem verde e o bode negro, levaram o importante crítico Peter von Matt, no ensaio "Was bleibt nach den Mythen?" ["O que permanece depois dos mitos?"], a afirmar que Gotthelf é o único autor da literatura suíça que pode ser genuinamente associado ao gênero da fantasia (*Fantasy*) (ver nota 8 no posfácio).

plantada, o que lhes importaria o Verde? Mas nesse momento eles ainda não estavam seguros do negócio; todos os dias temiam que ele lhes pregasse uma peça e os deixasse na mão. No dia de São Urbano levaram as última faias ao declive da igreja, e velhos e jovens dormiram pouco nessa noite; mal podiam acreditar que ele fosse concluir o trabalho assim, sem mais nem menos, sem criança e sem garantia em mãos.[33]

Na manhã seguinte, velhos e jovens já estavam em pé muito antes do nascer do sol, em todos se agitava a mesma curiosidade angustiada, mas ninguém ousava ir ao local em que estavam as faias. Uma armadilha não poderia estar esperando lá por aqueles que queriam enganar o Verde?

Um rústico rapaz que cuidava das vacas e trazia queijo branco dos Alpes teve por fim a ousadia, tomou a dianteira e não encontrou mais nenhuma faia, e não havia ali vestígio de nenhuma artimanha. Mas os camponeses ainda não tinham confiança no jogo; foi novamente o rapaz das vacas que teve de ir a Bärhegen. Lá estava tudo em ordem, as cem faias perfeitamente enfileiradas, nenhuma estiolara, a ninguém o rosto inchara, a ninguém doía parte alguma do corpo. Então o júbilo levantou-se em seus corações e jorrou muito escárnio contra o Verde e os cavaleiros. Pela terceira vez eles enviaram o rústico rapaz e mandaram-no comunicar ao comendador von Stoffeln que em Bärhegen estava tudo em ordem, que ele mesmo fosse contar as faias. Mas von Stoffeln ficou amedrontado e mandou dizer-lhes que retornassem para casa. Sua vontade era ordenar-lhes que desfizessem toda a aleia sombreada, mas não o fez por causa dos seus cavaleiros, para que não pensassem que ele estava com medo; entretanto ele nada sabia do pacto dos camponeses, não sabia quem poderia estar metido no negócio.

---

[33] O dia de São Urbano, o patrono dos viticultores, é comemorado em 25 de maio.

Quando o rapaz das vacas trouxe o recado os corações se ensoberbeceram ainda mais obstinadamente; a juventude desenfreada dançou no caminho sombreado, berros selvagens ecoavam de escarpa a escarpa, de montanha a montanha, ricocheteando nas muralhas do castelo em Sumiswald. Idosos prudentes advertiam e suplicavam, mas corações obstinados não dão atenção a advertências de idosos prudentes. E quando chega a desgraça, então se diz que devem ter sido esses velhos que a atraíram com seu advertir e hesitar. Ainda não chegou o tempo de se reconhecer que a obstinação faz a desgraça brotar do chão. O júbilo se espraiou por montanhas e vales e ingressou em todas as casas, e onde havia ainda um dedo de carne no defumador fez-se um cozido, e onde havia ainda uma porção de manteiga no pote, assaram-se bolos.

A carne foi comida, os bolos de manteiga desapareceram, o dia escoou, uma nova manhã se levantou no céu. Cada vez mais próximo estava o dia em que uma mulher deveria dar à luz uma criança. E quanto mais se aproximava o dia, tão mais premente se tornava o medo de que o Verde se manifestasse novamente, exigindo o que lhe pertencia ou preparando-lhes uma armadilha.

A aflição de uma jovem mulher que deve dar à luz uma criança, quem desejará mensurá-la? Essa aflição ressoava na casa toda, tinha se apoderado de todas as pessoas e ninguém tinha um conselho a dar, a não ser que não se podia confiar naquele com quem se envolveram. Quanto mais próxima a hora fatídica, com tanto mais força a pobre moça buscava aproximar-se de Deus, agarrava-se à santa mãe de corpo e alma, e não apenas com os braços, agarrava-se com suas forças mais íntimas, implorando proteção em nome de seu filho abençoado. E se lhe tornava cada vez mais claro que em toda situação difícil, na vida e na morte, o maior consolo está em Deus, pois onde ele está, o maligno não pode ficar e não tem poder algum.

Com crescente nitidez afirmava-se diante de sua alma uma crença: se um sacerdote do Senhor estivesse presente, no instante do nascimento, com o que há de mais sagrado, o corpo santo do Redentor, e munido de vigorosas fórmulas de esconjuro, então nenhum espírito maligno estaria possibilitado de acercar-se, e o sacerdote poderia prover imediatamente o recém-nascido com o sacramento do batismo, o que era permitido pelos costumes de então. Desse modo a pobre criança estaria subtraída para sempre ao perigo que o atrevimento dos pais lançara sobre ela. Essa crença se levantou também entre os demais e a aflição da jovem mulher tocou-lhes o coração; mas a vergonha não os deixava confessar ao sacerdote seu pacto com satã, e desde então ninguém mais havia ido à confissão e ninguém se expusera a uma conversa franca com ele. Era um homem inteiramente devoto, mesmo os cavaleiros do castelo não se permitiam nenhuma pilhéria com o sacerdote, mas ele sempre lhes dizia a verdade. Uma vez que a coisa estava feita, ele não podia mais evitá-la, assim haviam pensado os camponeses; agora, porém, ninguém queria ser o primeiro a contar-lhe isso, e a consciência lhes dizia por quê.

Por fim a aflição penetrou fundo no coração de uma mulher; ela correu para lá e revelou ao sacerdote o trato feito e o desejo da pobre mulher. Imensamente horrorizou-se o homem pio, mas não perdeu seu tempo com palavras vazias; em prol de uma pobre alma, entrou ousadamente na luta contra o colossal oponente. Ele era um daqueles que não recuam nem mesmo em face da mais árdua luta, pois querem ser coroados com a coroa da vida eterna, e também porque sabem muito bem que ninguém receberá a coroa se não lutou segundo as regras.[34]

---

[34] Alusão a uma passagem (4: 7-8) da Segunda Epístola de Paulo a

Ao redor da casa em que a mulher esperava pela sua hora ele traçou com água benta a excomunhão sagrada, que espíritos malignos não podem transpor, abençoou o umbral, o quarto todo, e a mulher deu à luz em tranquilidade, e sem qualquer transtorno o sacerdote batizou a criança. Também fora de casa tudo permaneceu tranquilo, no céu límpido resplandeciam estrelas alvas, brisas suaves acariciavam as árvores. Alguns pretendiam ter ouvido de longe o relinchar de uma gargalhada; outros, porém, sustentavam que eram apenas corujinhas na orla da floresta.

Contudo, todos que estavam presentes se regozijaram imensamente, e todo medo havia desaparecido para sempre, conforme acreditavam; se eles haviam burlado o Verde uma vez, poderiam fazê-lo sempre com os mesmos meios.

Foi preparada uma lauta refeição e de longe vieram os convidados. Em vão o sacerdote do Senhor tentou dissuadi-los do repasto e do júbilo, orientou-os a desconfiar e rezar, pois o inimigo ainda não estava derrotado, Deus ainda não tivera expiação. Em seu espírito o sacerdote sentia que não podia impor-lhes uma penitência para expiar a culpa, era como se estivesse aproximando-se, poderosa e pesadamente, uma penitência pela própria mão do Senhor. Eles, porém, não prestavam ouvidos, queriam contentá-lo com comidas e bebidas. Mas o sacerdote se afastou consternado, orou por aqueles que não sabiam o que faziam[35] e municiou-se com orações e jejuns para lutar, como um pastor fiel, pelo rebanho que lhe havia sido confiado.

Em meio aos que jubilavam também estava Cristina, mas estranhamente quieta, com faces ardentes e olhar som-

---

Timóteo: "Combati o bom combate, terminei a minha carreira, guardei a fé. Desde já me está reservada a coroa da justiça, que me dará o Senhor".

[35] Alusão às palavras pronunciadas por Jesus durante a crucifixão (Lucas, 23: 34): "Pai, perdoa-lhes: não sabem o que fazem".

brio. Notava-se que seu rosto se contraía de maneira incomum. Como parteira experiente que era, Cristina estivera presente ao nascimento e assumira o papel de madrinha durante o batizado apressado, sem temor algum, mas com audácia no coração. Entretanto, quando o sacerdote espargiu a água sobre a criança e a batizou nos três altíssimos nomes, foi-lhe como se repentinamente alguém pressionasse um ferro em brasa no local onde ela recebera o beijo do Verde. Ela contraiu-se em súbito terror, a criança quase foi ao chão, e desde então a dor não arrefeceu em nada, mas de hora a hora foi se tornando cada vez mais calcinante. No início ela permaneceu sentada em silêncio, havia reprimido a dor e remoía secretamente graves pensamentos em sua alma desperta; mas, com frequência cada vez maior, levava a mão à região que queimava, onde uma vespa parecia ter pousado e enterrado um ferrão incandescente até sua medula. Não havendo vespa alguma a ser espantada, tornando-se as picadas mais e mais ardentes, os pensamentos cada vez mais apavorantes, Cristina começou a mostrar sua face, a perguntar o que havia ali e não cessava de fazer essa pergunta. Mas ninguém via coisa alguma e logo ninguém mais quis prosseguir na brincadeira de inspecionar suas faces. Por fim ela ainda pôde inquirir uma velha senhora; vinha raiando a manhã e o galo cantou no instante em que a velha avistou na face de Cristina uma mancha quase invisível. Não é nada, disse ela, vai passar logo, e foi embora.

E Cristina queria consolar-se acreditando que não seria nada e que logo passaria; mas o suplício não diminuía e imperceptivelmente o pequeno ponto foi crescendo, todo mundo o via e perguntava o que era aquela mancha preta em seu rosto. Ninguém pensava nada de especial, mas as falas entravam em seu coração como estocadas, voltavam a despertar pensamentos pesarosos, e a todo momento ela era obrigada a pensar que o Verde a beijara nessa mesma região e que a mesma ardência que então lhe atravessara os ossos estava agora instalada ali, queimando e consumindo-a. Assim o sono a abandonou, a comida lhe queimava as entranhas, irrequieta ela corria para lá e para cá, procurando alívio e não o encontrando em parte alguma. Pois a dor continuava a crescer e o ponto enegrecido ia se tornando cada vez maior e mais negro; aqui e ali saíram dele algumas estrias negras e uma protuberância incrustou-se sobre a mancha redonda, próximo à boca da mulher.

Por longos dias, por longas noites Cristina permaneceu nesse estado, sofrendo e debatendo-se, e não revelou a ninguém a angústia que trazia no coração nem o que recebera do Verde no local da ardência; mas se ela soubesse de que modo poderia livrar-se desse suplício, não haveria nada no céu ou na terra que ela não sacrificasse para alcançar a libertação. Cristina já era por natureza uma mulher intrépida, mas agora se encrespava selvagemente em dor colérica.

Aconteceu então que, de novo, uma mulher estava esperando bebê. Dessa vez o medo não era muito grande, as pessoas estavam bem dispostas; contanto que providenciassem um sacerdote no momento certo, acreditavam poder zombar do Verde. Apenas Cristina não tinha esse sentimento. Quanto mais se aproximava o dia do nascimento, mais terrível se tornava a queimação em sua face, maior e mais imponente se tornava o ponto negro; dele esticaram-se nitidamente algumas perninhas, brotaram pelos curtos, pontos e listras brilhantes apareceram-lhe sobre o dorso, a protuberância se converteu numa cabeça que irradiava cintilações venenosas, à semelhança de dois olhos. Todos gritaram ao avistar a venenosa aranha-de-cruz[36] no rosto de Cristina e, cheios de

---

[36] *Epeira diadema*, na nomenclatura científica, conhecida vulgarmente como aranha-de-cruz por causa da figura em forma de cruz em seu abdômen.

medo e pavor, fugiam ao ver como ela se arraigava no rosto em que havia se desenvolvido. As pessoas passaram a dizer as coisas mais desencontradas, um aconselhava isso, o outro aquilo; mas o que quer que fosse aquela coisa, todos queriam deixá-la a cargo de Cristina, evitavam-na e fugiam dela sempre que possível. Quanto mais fugiam as pessoas, tanto mais Cristina era impelida a persegui-las, indo de casa em casa. Ela sentia muito bem que o diabo a admoestava por causa da criança prometida e, imersa em medo infernal, corria atrás das pessoas para tentar convencê-las sem meias-palavras da necessidade do sacrifício. Mas isso pouco importava aos demais; o que torturava Cristina, não lhes causava dor, o que ela estava sofrendo era, na visão deles, responsabilidade pura e exclusiva dela, e quando não conseguiam mais escapar dela, diziam-lhe:

— Que temos nós com isso?[37] Nenhum de nós prometeu uma criança, por isso ninguém vai entregar criança alguma.

Com discursos furiosos ela acossou o próprio marido. Este fugia como os outros e, quando não pôde mais fugir, disse friamente a Cristina que aquilo logo iria melhorar, tratava-se de uma simples marca, como a tinham muitas pessoas; logo que ela estivesse plenamente desenvolvida, a dor cessaria e então seria fácil extirpá-la.

Entretanto a dor não cessava, cada perninha continha labaredas infernais, o corpo da aranha era o próprio inferno, e quando chegou a hora que a mulher aguardava, foi como se um mar de chamas engolfasse Cristina, como se facas incandescentes revolvessem sua medula e redemoinhos de fogo assolassem seu cérebro. A aranha, contudo, intumesceu-se, eriçou-se e, em meio às curtas cerdas, irromperam venenosa-

---

[37] Com estas mesmas palavras os chefes dos sacerdotes recusam as trinta moedas de prata que Judas, arrependido da traição, quer devolver-lhes: "Que temos nós com isso? O problema é teu" (Mateus, 27: 4).

mente os olhos. Privada de apoio em seu suplício calcinante e encontrando a parturiente muito bem protegida, Cristina precipitou-se como uma desvairada pelo caminho que o sacerdote deveria tomar.

Em passo apressado este marchava ao longo do aclive, acompanhado do robusto sacristão; o sol quente, o caminho íngreme não lhe tolhiam os passos, pois cumpria salvar uma alma, impedir um infortúnio infinito e, uma vez que estava vindo de um doente distante, o sacerdote horrorizava-se com a possibilidade de atraso. Desesperada, Cristina arrojou-se em seu caminho, abraçou-lhe os joelhos, suplicou por redenção de seu inferno, pelo sacrifício da criança ainda não bafejada pela vida, e a aranha avolumou-se ainda mais, faiscou terrivelmente negra no rosto avermelhado de Cristina e fixou o olhar horripilante nos apetrechos e símbolos sagrados do sacerdote. Este, porém, rapidamente empurrou Cristina para o lado e persignou-se; ele bem via ali o inimigo, mas deixou a luta para trás a fim de salvar uma alma. Cristina, porém, pôs-se em pé de um salto, precipitou-se atrás dele e tentou o mais extremo; todavia, a forte mão do sacristão manteve a mulher furibunda apartada do sacerdote, que ainda a tempo pôde proteger a casa, acolher a criança em mãos consagradas e depositá-la nas mãos daquele que o inferno jamais suplanta.

Nesse meio-tempo Cristina havia lutado uma luta apavorante. Ela queria ter em seus braços a criança não batizada, queria entrar na casa, mas homens fortes impediam-lhe o ingresso. Rajadas de vento golpeavam a casa, o fosco relâmpago bruxuleava ao redor, mas a mão do Senhor pairava sobre ela. A criança foi batizada e, impotente, Cristina ficou circundando em vão a casa. Dominada por tormentos que vinham do inferno e se tornavam cada vez mais selvagens, ela soltava sons que não pareciam emanar de peito humano; o gado alvoroçava-se nos estábulos e se soltava dos laços, os carvalhos agitavam-se espavoridos nas florestas.

Na casa levantou-se o júbilo pela nova vitória, pela impotência do Verde e pela vã batalha de sua aliada; lá fora, porém, arremessada ao chão por suplício horroroso, jazia Cristina e em seu rosto as contrações tiveram início, de um modo como parturiente alguma jamais experimentou sobre a face da terra, e a aranha continuava a avolumar-se e queimava suas entranhas e ossos com crescente intensidade.

Para Cristina foi como se repentinamente seu rosto estourasse, como se pedaços incandescentes de carvão nele nascessem, adquirissem vida e formigassem pelo seu rosto, por todos os membros, como se tudo ali se tornasse vivo e comichasse pelo corpo inteiro da mulher. No brilho fosco do relâmpago Cristina viu então, venenosas e com longas pernas, incontáveis aranhazinhas correndo pelos seus membros e saindo noite afora, e as que desapareciam eram seguidas por incontáveis outras, venenosas e com longas pernas. Por fim não viu mais nenhuma outra aranhazinha seguir as anteriores, a queimação no rosto amainou, a aranha acomodou-se, converteu-se novamente num ponto quase invisível e seguia com olhos que iam se apagando sua cria infernal, que ela parira e enviara ao mundo para sinalizar de que modo o Verde reage quando se brinca com ele.

Extenuada, parecendo ter saído de um parto difícil, Cristina arrastou-se para casa; se a ardência no rosto já não era mais tão intensa, a ardência no coração não havia diminuído; se os membros extenuados anelavam por descanso, o Verde não lhe concedia descanso algum; é esse o tratamento que ele dispensa a quem quer que tenha caído sob seu domínio.

Dentro da casa, porém, os camponeses se regozijavam, divertiam-se, e se passou muito tempo até que eles ouvissem como o gado mugia e agitava-se no estábulo. Por fim tiveram um sobressalto e foram investigar o que ocorria; pálidos de horror, os que haviam saído retornaram com a notícia de que a vaca mais magnífica jazia morta, as demais alvoroçavam-

-se e enfureciam-se de um modo jamais visto. Aquilo não era normal, algo de muito estranho estava em curso. Então o júbilo emudeceu, todo mundo correu para o gado cujos mugidos ecoavam por vales e montanhas, mas ninguém tinha conselho algum a dar. Lançaram mão de todos os expedientes laicos e religiosos contra o feitiço, mas tudo debalde. Ainda antes que o dia raiasse, a morte já tinha prostrado todo o gado no estábulo. Mas assim como o silêncio se impunha aqui, mais além começavam os mugidos; os que estavam presentes ouviam como a miséria tinha invadido seus estábulos, ouviam como o gado, em medo apavorante, enviava pungentes bramidos a seus donos para que estes viessem ajudá-los.

Os camponeses precipitavam-se para suas casas como se labaredas estivessem lambendo os telhados, mas não traziam consigo ajuda alguma. Aqui como ali a morte prostrava o gado, dolorosos gritos de homens e animais enchiam montanhas e vales, e o sol, que abandonara tão contente esse vale, avistava agora tenebrosa desgraça. Com a luz do sol os homens puderam finalmente ver que os estábulos, nos quais o gado havia sucumbido, fervilhavam de incontáveis aranhas negras. Elas rastejavam pelos cadáveres dos animais, pela sua ração, e tudo que tocavam se tornava peçonhento, e o que estava vivo começava a debater-se e era logo derrubado pela morte. Não era possível remover essas aranhas dos estábulos que já haviam ocupado, pois pareciam brotar do chão, e tampouco era possível proteger os estábulos ainda não tomados — eis que inesperadamente chegavam rastejando por todas as paredes, caíam aos montes do forro. Conduzindo-se o gado aos prados, conduziam-no apenas para as garras da morte. Pois logo que uma vaca colocava a pata sobre a relva, o chão começava a fervilhar de vida; aranhas negras e de pernas longas medravam da terra, horrorosas flores alpinas; tomavam o gado de assalto e urros terrivelmente pungentes desciam das montanhas para os vales. E todas essas aranhas se pareciam com a aranha no rosto de Cristina, tal como os filhos se assemelham à mãe, e jamais se vira nada semelhante.

O bramido dos pobres animais havia se propagado até o castelo, onde logo depois chegaram também pastores comunicando que sua criação fora abatida pelos bichos venenosos; tomado por cólera crescente, von Stoffeln ficou sabendo que um rebanho atrás do outro tinha se perdido, ficou sabendo do pacto feito com o Verde e como este foi enganado pela segunda vez, e ainda como as aranhas eram parecidas, tal como os filhos à mãe, com a aranha no rosto da mulher de Lindau, a qual selara sozinha a aliança com o Verde e jamais apresentara a quem quer que fosse um relato claro. Então von Stoffeln saiu cavalgando pela montanha em cólera feroz e, com voz de trovão, fez os pobres camponeses saberem que ele não queria perder rebanho após rebanho por sua causa; eles teriam de ressarcir-lhe os prejuízos sofridos, e também estavam obrigados a cumprir o que haviam prometido, tinham de se responsabilizar pelo que fizeram de livre e espontânea vontade. O comendador não arcaria com danos por culpa deles e, se arcasse, eles teriam de indenizá-lo em proporção muito maior. Que eles se precavessem. Assim falou aos camponeses, sem atentar para o que estava jogando sobre seus ombros; e não lhe ocorreu que fora ele próprio que os empurrara para essa situação, mas pura e simplesmente culpabilizava-os pelo que tinham feito.

A maior parte dos camponeses já havia percebido que as aranhas eram uma praga do maligno, uma admoestação a cumprirem o pacto, e que Cristina devia saber de mais detalhes e não lhes contara tudo o que negociara com o Verde. Agora eles tremiam novamente perante sua figura, não mais zombavam dele, tremiam, portanto, diante do senhor do mundo terreno. E o que diria o senhor espiritual se eles fossem satisfazer a ambos, permitiria ele tal coisa, não lhes imporia nenhum castigo? Imersos nessa angústia, os homens de

A aranha negra

maior prestígio reuniram-se num celeiro isolado e Cristina foi intimada a comparecer para passar-lhes informações claras sobre tudo o que efetivamente negociara.

Cristina compareceu, embrutecida, sedenta por vingança, atormentada novamente pela aranha que crescia.

Quando viu o titubeio medroso dos homens e percebeu que não havia nenhuma mulher ali, então ela contou com precisão o que lhe acontecera: como o Verde rapidamente considerou sua palavra como já empenhada e, a título de fiança, deu-lhe um beijo que ela, todavia, não levou mais a sério do que outros beijos. Como então a aranha, sob dores infernais, começou a crescer na mesma região do beijo a partir do momento em que a primeira criança foi batizada; como a aranha, exatamente quando se batizou a segunda criança e se trapaceou o Verde, pariu em contrações infernais um número incalculável de outras aranhas; pois ele não se deixa trapacear impunemente, conforme ela sentia agora, subjugada por miríades de dores mortais. A aranha estava crescendo novamente, os suplícios multiplicavam-se e, se a próxima criança não for entregue ao Verde, quão horripilante não poderá ser a praga a abater-se sobre eles, quão horrenda a vingança do cavaleiro!

Foi isso que Cristina contou, e os corações dos homens estremeceram e por longo tempo ninguém quis abrir a boca. Pouco a pouco foram saindo alguns sons entrecortados das gargantas cerradas pela angústia e, considerados em conjunto, esses sons davam a entender o mesmo que dissera Cristina, mas ninguém quis explicitar sua anuência ao que ela propusera. Um homem apenas levantou-se e fez um discurso breve e claro: parecia-lhe que o melhor seria dar cabo de Cristina; uma vez morta, o Verde poderia apoderar-se dela e não teria mais pretexto para agir contra os vivos. Então Cristina soltou uma gargalhada selvagem, colocou-se frente a frente com ele e disse: que ele a golpeasse, ela nada teria a objetar;

Jeremias Gotthelf

mas não era sua pessoa que o Verde desejava e sim uma criança não batizada e, do mesmo modo como ele a estigmatizara, ele poderia muito bem estigmatizar a mão que se levantasse contra ela. Nisso estremeceu o braço do homem que havia falado, ele sentou-se em silêncio e pôs-se a ouvir a deliberação dos demais. E de maneira entrecortada, em que ninguém dizia tudo, mas apenas coisinhas pouco significativas, acordaram em sacrificar o próximo bebê. Contudo, ninguém queria oferecer as próprias mãos para tal tarefa, ninguém queria levar a criança até o declive da igreja, onde as faias tinham sido depositadas. Como reconheceram os próprios camponeses, ninguém se acanhara em valer-se do diabo para o bem geral, mas travar contato pessoal com ele, isso ninguém desejava. Então Cristina se ofereceu espontaneamente, pois quando alguém já se envolveu com o diabo uma vez, na segunda não haveria de ser muito pior. Sabia-se muito bem quem seria a próxima mulher a dar à luz, mas ninguém falou disso, e o futuro pai não estava presente. Tendo entrado em acordo com e sem palavras, dispersaram-se.

    A jovem mulher que, naquela terrível noite em que Cristina trouxe notícias do Verde, amedrontara-se e chorara sem que soubesse então por qual motivo, esperava agora o próximo bebê. Os acontecimentos anteriores não lhe transmitiam consolo ou confiança, uma angústia inominável pesava sobre seu coração e ela não conseguia dissipá-la nem orando nem se confessando. Um silêncio suspeito parecia rodeá-la, ninguém falava mais da aranha, todos os olhares que recaíam sobre ela se lhe afiguravam suspeitosos, pareciam estar calculando a hora em que se apossariam de seu bebê para poderem fazer as pazes com o diabo.

    Sentia-se tão sozinha e abandonada em face do ominoso poderio que a cercava; não contava com outro auxílio senão o de sua sogra, uma mulher piedosa que estava do seu lado, mas o que pode uma mulher idosa diante de uma multidão embrutecida! É verdade que ela tinha seu marido, que lhe fizera boas promessas; mas o quanto ele não se lamentava por causa de seus animais e quão pouco pensava na angústia da pobre mulher! O sacerdote havia prometido vir rapidamente, tão logo sua presença se fizesse necessária, mas quanta coisa não poderia acontecer entre o momento em que fosse chamado e o de sua chegada! E a pobre mulher não tinha nenhum mensageiro confiável além do próprio marido, que deveria ser seu protetor e guardião, e ainda por cima a pobre mulherzinha habitava com Cristina a mesma casa, e seus maridos eram irmãos, e outros parentes ela não tinha, pois chegara ali como órfã! Pode-se imaginar a angústia que sufocava o coração da pobre mulher; apenas nas orações feitas com a pia sogra ela encontrava alguma confiança, que todavia voltava a dissipar-se tão logo avistava os olhares malignos.

Entretanto, a doença ainda continuava ali e alimentava o terror. É verdade que apenas esporadicamente tombava um animal, somente aqui ou ali se mostravam as aranhas. Logo, porém, que o sobressalto se abrandava em alguém, logo que uma pessoa pensasse ou dissesse que o mal cederia por si próprio e que se deveria pensar muito bem antes de pecar contra uma criança, a aflição infernal de Cristina recrudescia, a aranha intumescia-se e a morte devassava com fúria renovada o rebanho da pessoa que havia pensado ou dito aquilo. Sim, quanto mais se aproximava a hora esperada, tanto mais a miséria parecia crescer novamente, e eles perceberam que precisariam articular um plano preciso a fim de apoderar-se da criança de maneira segura e sem falha. O marido era quem mais temiam e repugnava-lhes usar de violência contra ele. Então Cristina dispôs-se a ganhá-lo para a causa, e o ganhou. Ele não queria se envolver nessa história toda, queria apenas fazer a vontade de sua mulher, ir buscar o sacerdote, mas sem apressar-se, e o que viesse a acontecer em sua ausência, sobre isso ele não iria perguntar nada. Assim ele se apaziguou com sua consciência, e com Deus ele queria apaziguar-se por intermédio de missas, e pela alma da pobre criança talvez se pudesse fazer ainda alguma coisa, pensou; talvez o piedoso sacerdote viesse a arrebatá-la do diabo, então eles estariam fora desse negócio, teriam feito a parte deles e, mesmo assim, ludibriado o maligno. Assim pensava o marido e, em todo caso, acontecesse o que acontecesse, ele não teria culpa alguma nisso tudo enquanto não interviesse com as próprias mãos.

Desse modo a pobre mulherzinha estava vendida sem que o soubesse; cheia de temor, esperava ainda por salvação, e o golpe em seu coração já tinha sido deliberado em assembleia. Mas o que o Ser lá em cima havia decidido, isso ainda encobriam as nuvens que nos separam do futuro.

Era um ano de tempestades e o momento da colheita havia chegado; todas as forças foram mobilizadas para, nas horas de bom tempo, levar o grão à segurança do celeiro. Estava fazendo uma tarde quente, as nuvens esticavam suas cabeças negras acima das montanhas escuras, as andorinhas esvoaçavam amedrontadas em volta dos telhados e uma sensação de aperto e temor acometeu a pobre mulherzinha que estava sozinha, pois até a avó estava lá fora no campo, para ajudar mais com a vontade do que com ações. A dor atravessou-lhe então, como dupla lâmina, a medula e os ossos, a vista se lhe escureceu, ela sentiu a aproximação de sua hora e estava sozinha. O medo a empurrou para fora da casa, ela caminhou sofregamente na direção do campo, mas logo teve de sentar-se; quis cobrir a distância com a voz e esta, no entanto, recusou-se a sair do peito opresso. Ao seu lado havia apenas um pequeno menino que ainda estava aprendendo a usar as perninhas e que nunca fora aos campos com as próprias forças, mas tão somente nos braços da mãe. Era esse pequenino que a pobre mulher tinha de usar como mensageiro, não sabendo se ele encontraria o campo, se suas perninhas o levariam até lá. Contudo, o fiel menininho viu a angústia em que a mãe se encontrava e partiu correndo, e caiu, e se levantou novamente, e o gato saiu ao encalço de seu coelhinho, pombas e galinhas se entrançaram aos seus pés, cabeceando e brincando o carneiro foi saltando atrás; ele, porém, não via nada disso, não se deixou retardar e transmitiu fielmente sua mensagem.

A avó surgiu já sem fôlego, mas o marido se fazia esperar; mandou dizer que precisava apenas descarregar ainda um transporte. Transcorreu uma eternidade e, finalmente, ele veio; e transcorreu de novo uma eternidade, e finalmente ele tomou a passos lentos o longo caminho, enquanto a pobre mulher, imersa em angústia mortal, sentia como sua hora se aproximava com crescente rapidez.

Exultante, Cristina tinha observado tudo isso desde lá fora no campo. O sol acompanhava abrasante o árduo trabalho da colheita, mas a aranha quase que não lhe abrasava mais a face, e muito fácil parecia-lhe o que tinha pela frente nas próximas horas. Ela executava o trabalho com grande contentamento e não pôs pressa na volta para casa, pois estava inteirada da lentidão do mensageiro. Somente quando o último feixe foi empilhado e rajadas de vento anunciaram a tempestade iminente, Cristina apressou-se na direção da presa que lhe estava garantida, conforme sua impressão. E, enquanto retornava, acenava de maneira significativa às pessoas com que ia se deparando pelo caminho, e estas lhe faziam sinal positivo com a cabeça e rapidamente levavam para casa a notícia do que estava em curso. Então mais de um joelho estremeceu e mais de uma alma quis rezar em medo instintivo, mas não conseguiu.

Dentro do quartinho a pobre mulher choramingava, os minutos se tornavam eternidades e a avó não conseguia aplacar a desolação com orações e palavras de consolo. Ela havia fechado muito bem o quartinho e colocado pesadas peças diante da porta. Enquanto estiveram sozinhas em casa, ainda puderam suportar a situação; mas quando viram Cristina retornar para casa, quando ouviram seu andar furtivo junto à porta, quando também ouviram lá fora outros passos e um sussurrar confidencial, e o sacerdote não aparecia, assim como não surgia nenhuma outra pessoa em que se pudesse confiar, e se aproximava mais e mais o momento que, em circunstâncias diferentes, seria tão desejado — pode-se imaginar então a angústia na qual, como se fosse óleo fervente, as mulheres estiveram mergulhadas, sem nenhum apoio e sem esperança alguma. Percebiam pela audição que Cristina não arredava pé da porta; a pobre mulher sentia, através da madeira, os olhos de fogo de sua feroz cunhada, e estes lhe queimavam o corpo e a alma. Então o primeiro sinal de vida de uma criança choramingou através da porta e foi abafado tão rápido quanto possível, mas demasiado tarde. A porta se escancarou com um golpe furioso, que estava preparado de antemão, e como o tigre se lança sobre sua presa, Cristina se precipita sobre a mísera parturiente. A velha mulher, que se opõe ao assalto, tomba ao chão, em sagrada angústia materna a parturiente se refaz, mas o corpo enfraquecido desmorona, nas mãos de Cristina está a criança. Um grito medonho irrompe do coração da mãe, depois o desmaio a envolve em negras sombras.

Aflição e horror apoderaram-se dos homens quando Cristina saiu com a criança roubada. O pressentimento de um futuro horrendo brotou dentro deles, mas ninguém teve coragem de obstar ao ato, e o medo das pragas do diabo foi mais forte do que o medo de Deus. Apenas Cristina não hesitava, seu rosto refulgia incandescente, como refulge no vencedor após uma batalha levada a bom termo, e era-lhe como se a aranha a acariciasse com suaves comichões. Os raios que a envolviam e a roçavam enquanto rumava para o declive da igreja lhe pareciam alegres luzes, o trovão era-lhe um gorgorejo delicado, e um ameno sussurro a tempestade que resfolegava vingança.

Hans, o marido da pobre mulher, cumprira demasiado bem sua promessa. Havia percorrido lentamente seu caminho, examinando circunspecto cada plantação, observando todo pássaro, aguardando junto ao riacho até que os peixes saltassem para capturar moscas antes da tempestade prestes a cair. Então ele sentia uma espetadela para seguir em frente, acelerava o passo, tomava impulso para sair saltando; havia algo em seu íntimo que o impelia adiante, que fazia com que seus cabelos se arrepiassem: era a consciência que lhe dizia o que merece um pai que atraiçoa mulher e filho, era o amor que ele, todavia, ainda tinha pela sua esposa e pelo fruto de seu corpo. Mas, de repente, era detido por uma outra coisa, mais forte do que a primeira, e era o temor perante os homens, o temor diante do diabo, e o amor por aquilo que este lhe poderia tomar. Então ele seguia novamente mais devagar, tão devagar quanto uma pessoa que dá seus últimos passos, a caminho do cadafalso. E talvez fosse mesmo assim, já que muita gente não sabe quando está fazendo seu último percurso; se soubesse, não o faria, ou então faria de modo diferente.

Já era tarde quando ele chegou a Sumiswald. Nuvens negras singravam por cima da montanha Münne, caíam pesadas gotas que se evaporavam na poeira, e o pequeno sino na torre começou a advertir surdamente os homens a pensar em Deus e a rogar-lhe que não convertesse sua tempestade em juízo sobre eles. Diante de sua casa estava o sacerdote, municiado para qualquer missão a fim de não titubear quando o Senhor, que operava sobre sua cabeça, o chamasse para acudir a um moribundo, ou a uma casa em chamas, ou o enviasse a algum outro lugar. Quando ele viu que Hans estava chegando, percebeu o chamado para a árdua missão, pôs em ordem as vestimentas e mandou dizer ao sacristão responsável pelo sino que procurasse um substituto e se apresentasse para acompanhá-lo. Nesse meio-tempo serviu uma bebida refrescante a Hans, sempre muito bem-vinda após uma marcha acelerada num tempo abafado; Hans não tinha necessidade alguma desse refresco, mas o sacerdote não imaginava as artimanhas do homem. Hans deliciou-se compassadamente. O sacristão apresentou-se hesitante e compartilhou prazerosamente da bebida que Hans lhe ofereceu. Diante deles, municiado com o necessário, postava-se o sacerdote, rechaçando a bebida de que não precisava para o percurso e embate que tinha pela frente. Desagradava-lhe afastar Hans da jarra que ele mesmo havia servido, desagradava-lhe infringir os direitos do hóspede; mas ele conhecia um direito ainda mais alto do que aquele da hospitalidade, e a vagareza com que bebiam atravessou seu íntimo, encolerizando-o.

Exclamou finalmente que estava pronto, uma mulher em aflição o aguardava, sobre ela pairava uma infâmia monstruosa, e ele tinha de colocar-se entre a mulher e a infâmia com armas sagradas, por isso não deviam demorar-se mais e sim pôr-se a caminho; lá em cima haveria certamente algo para quem não saciou a sede aqui em baixo. Hans, o marido da mulher que aguardava, disse então que não tinha tanta pressa assim, com sua mulher toda e qualquer coisa transcorria morosamente. E nesse instante um raio refulgiu no cômodo, deixando todos ofuscados, e um trovão retumbou sobre a casa fazendo estremecer todas as vigas e tudo o mais em seu interior. Então o sacristão falou, após ter se benzido:

— Ouçam o que está acontecendo lá fora, o próprio céu confirmou o que Hans disse; confirmou que devemos esperar, e sair agora não adiantaria nada, pois não chegaríamos vivos lá em cima, e ele próprio afirmou que nunca há tanta pressa assim com sua mulher.

E, de fato, deflagrou-se uma tempestade como raras vezes olhos humanos puderam ver. De todas as funduras e alturas ela chegava avassalante; soprava de todos os lados e, impulsionada por todos os ventos, avolumou-se sobre Sumiswald, e cada nuvem se converteu num exército de guerreiros, e uma nuvem investia contra a outra, uma nuvem queria tirar a vida das outras e nos céus começou então uma batalha de nuvens, a tempestade se instalou e raio atrás de raio foi deflagrado, e raio após raio abateu-se sobre a terra, como se quisessem abrir uma passagem pelo seu interior e sair do outro lado. O trovão rugia incessantemente, a tempestade uivava inchada de cólera, o ventre das nuvens se rompera e torrentes jorravam para baixo. Irrompendo assim, repentina e colossal, a batalha de nuvens, o sacerdote nada respondeu ao sacristão, mas também não se sentou, e um temor cada vez maior tomou conta dele; acometeu-o o ímpeto de precipitar-se em meio ao tumulto dos elementos, mas ele hesitou por causa dos companheiros. Então se lhe afigurou ouvir através da terrível voz do trovão o grito de dor de uma mulher, capaz de penetrar até a medula dos ossos. O trovão tornou-se para ele, nesse mesmo instante, uma terrível repreensão ao seu titubeio e ele se dispôs a partir, não importando o que os outros dois viessem a dizer. Preparado para tudo, saiu marchando em meio ao temporal de fogo, em meio à cólera da intempérie e às torrentes das nuvens; lentamente e a contragosto, os dois saíram atrás dele.

Estrugia e ribombava e zunia, como se todos esses sons devessem fundir-se numa única e última trombeta a anunciar o soçobrar dos mundos, e feixes incandescentes caíam sobre a aldeia, como se todas as cabanas tivessem de arder em flamas.[38] Mas o servo daquele que dá sua voz ao trovão e tem

---

[38] Nova alusão ao Novo Testamento, desta vez ao Apocalipse: a sétima trombeta soprada pelo anjo (11: 15). No capítulo seguinte do Apocalipse, um menino recém-nascido é salvo do ataque de um dragão e arrebatado para junto de Deus.

o raio a seu serviço não precisa atemorizar-se perante esse outro escravo do mesmo senhor, e quem caminha pelas trilhas de Deus pode deixar as tempestades divinas seguirem seu curso. Por isso o sacerdote caminhava intrépido pela intempérie na direção do declive da igreja, trazia consigo as armas sagradas e consagradas e seu coração estava em Deus. Mas os outros dois não o seguiam com o mesmo ânimo, pois o coração deles não estava no mesmo lugar; eles não queriam tomar esse declive, não num tempo como aquele, não assim tarde da noite, e Hans tinha ainda outro motivo para sua recusa. Pediram ao sacerdote que desse meia-volta, que tomasse outros caminhos; Hans conhecia caminhos mais curtos, o sacristão sabia de caminhos melhores; ambos advertiram que poderia haver enchente no vale, o rio Verde ia engrossando. O sacerdote, porém, não os ouvia, não dava atenção aos seus discursos. Movido por espantoso ímpeto e nas asas da oração, rumava célere para o declive da igreja, seu pé não tropeçava em pedra alguma, sua vista não se deixava ofuscar por nenhum raio; trêmulos e muito atrás, mas acreditando-se protegidos pelo mais sagrado, por aquilo que o próprio sacerdote levava consigo,[39] Hans e o sacristão seguiam-no.

Quando se viram diante da aldeia, onde o declive se inclina para o vale, eis que o sacerdote se detém repentinamente em silêncio e protege os olhos com a mão. Abaixo da capela refulge ao brilho do raio uma pena rubra, e a vista acurada do sacerdote vê destacar-se das sebes verdes uma cabeça negra, e sobre ela balança a pena rubra. E à medida que vai apurando a visão, ele vê do outro lado da encosta, em carreira desabalada, um vulto selvagem voando na direção da cabeça escura, sobre a qual tremulava a pena rubra à semelhança de uma bandeira.

---

[39] Esse "mais sagrado" que o sacerdote porta consigo na custódia é a hóstia consagrada, simbolizando o corpo de Jesus.

Acendeu-se então no sacerdote o sagrado ímpeto guerreiro, o qual desce sobre aqueles que têm o coração consagrado a Deus tão logo pressentem o maligno, tal qual o impulso que desce sobre o germe quando a vida o penetra, ou que entra na flor quando ela precisa desabrochar, ou desce também sobre o herói quando seu inimigo levanta a espada. E assim como a pessoa sedenta se lança às águas frescas da torrente e o herói à batalha, o sacerdote lançou-se declive abaixo, lançou-se à luta mais destemida, interpôs-se entre o Verde e Cristina, que estava prestes a colocar a criancinha nas mãos do outro, fez ressoar no meio de ambos os três nomes supremos, afronta o Verde levando o mais sagrado rente ao seu rosto, esparge água benta sobre a criança e ao mesmo tempo atinge Cristina.[40] Com arrepiantes uivos de dor, ele desaparece dali, como um cometa que deixa atrás de si um rastro vermelho-incandescente, e foge chispando até ser engolido pela terra. Salpicada por gotas consagradas, Cristina dobra-se sobre si encolhendo com um chiado abominável, como lã ao fogo, como cal em água; encolhe silvando e expelindo chamas, até restar apenas a aranha negra em seu rosto, intumescida e apavorante, e a mulher funde-se com esta, vai entrando sob chiados no corpo da aranha que se eriça sobre a criança com arrogância venenosa, despachando de seus olhos raios coléricos na direção do sacerdote. Este lhe esborrifa água benta e ouvem-se novos chiados, como gotas caindo sobre pedra incandescente; a aranha vai se tornando cada vez maior, suas pernas negras crescem e estendem-se sobre a criança, e os olhos, cada vez mais venenosos, seguem encarando o sacerdote. Num gesto de coragem inflamada pe-

---

[40] Os três nomes mencionados pouco adiante: Deus Pai, o Filho e o Espírito Santo. Note-se neste trecho um traço característico do estilo de Gotthelf: a mudança brusca de tempo verbal, visando intensificar a dramaticidade do acontecimento narrado.

la fé, ele deita a intrépida mão sobre a aranha e é como se agarrasse farpas em brasa, mas persiste inabalável e arremessa o animal daninho[41] para longe, pega a criança e corre com ela para a mãe, sem nenhuma perda de tempo. Uma vez terminada sua luta, aplacou-se também a luta das nuvens, que acorreram de volta às suas escuras câmaras; logo resplandecia ao sereno brilho das estrelas o vale em que pouco antes se desencadeara a mais feroz batalha e, quase sem fôlego, o sacerdote alcança a casa em que se cometera o crime infamante contra mãe e filho.

A mãe ainda jazia desmaiada, pois com o grito estridente a vida lhe fugira para longe; ao seu lado encontrava-se a velha orando, ela ainda confiava em Deus, ainda acreditava que seu poder era maior do que a malignidade do diabo. Junto com o bebê, o sacerdote devolveu também a vida à mãe. Quando ela, voltando a si, reviu a criança, foi invadida por um enlevo como só o conhecem os anjos no céu, e nos braços da mãe o sacerdote batizou a criança no nome de Deus Pai, do Filho e do Espírito Santo; e agora ela estava subtraída para sempre ao poder do diabo, a não ser que quisesse no futuro entregar-se voluntariamente a ele. Mas disso guardou-a Deus, a cujo poder sua alma foi então entregue, enquanto o corpo continuava envenenado pela aranha.

Pouco depois a alma partiu e o corpinho restou marcado por manchas de queimadura. É verdade que a pobre mãe chorou, mas onde cada parte retorna ao seu lugar de pertencimento, a Deus a alma, à terra o corpo, logo o consolo se apresenta, mais cedo para essa pessoa, mais tarde para aquela.

Logo após ter cumprido sua missão sagrada, o sacerdote começou a sentir estranhos pruridos no braço e na mão

---

[41] "Animal daninho" traduz aqui a palavra alemã *Ungeziefer*, que Franz Kafka emprega na primeira frase de *A metamorfose*: o inseto monstruoso em que Gregor Samsa se vê transformado.

com que arremessara a aranha para longe. Percebeu em sua mão pequenas manchas negras, que inchavam, iam visivelmente aumentando de tamanho, e um arrepio de morte confrangeu seu coração. Abençoou as mulheres e rumou para casa; como fiel guerreiro, queria depositar as armas sagradas em seu devido lugar, para que depois dele elas pudessem estar disponíveis para um outro. O braço inchou imensamente, erupções negras foram se avolumando cada vez mais; ele lutava com o exaurimento da morte, mas ainda não sucumbia.

Quando chegou ao declive da igreja, viu Hans, o pai que se esquecera de Deus e de cujo paradeiro ninguém sabia, estendido de costas no meio do caminho. O rosto estava inchadíssimo e enegrecido por queimaduras e em seu centro eriçava-se a aranha, enorme, negra e aterradora. À chegada do pároco ela se abalofou, sobre seu dorso os pelos se arrepiaram peçonhentos, e seus olhos o fixaram lançando veneno e chispas; agia como um gato que se arma para saltar sobre o rosto de seu inimigo mortal. Então o sacerdote começou a entoar uma oração, levantou as armas sagradas e a aranha recuou amedrontada, com suas longas pernas deixou o posto sobre o rosto enegrecido e rastejou para longe, perdendo-se na relva que chiava. Depois disso o pároco entrou em casa, depôs o mais sagrado em seu lugar e, enquanto dores atrozes arrastavam o corpo para a morte, a alma esperava em doce paz pelo seu Deus, em prol de quem travara com ousadia o combate justo e sagrado, e Deus não a deixou esperar por muito tempo.

Mas essa doce paz, que espera em silêncio pelo Senhor, não vigorava lá atrás no vale, não vigorava lá em cima nas montanhas. No instante em que Cristina, com a criança roubada nos braços, abalou-se montanha abaixo ao encontro do diabo, um horror nefasto penetrou em todos os corações. Durante o temporal terrível as pessoas tremiam mergulhadas nos horrores da morte, pois seus corações sabiam muito bem que seria mais do que merecido se a mão aniquiladora de Deus se abatesse sobre elas. Quando a tempestade passou, correu de casa em casa a notícia de que o pároco recobrara e batizara a criança, mas que nem Hans nem Cristina tinham sido vistos desde então.

Os primeiros raios da manhã encontraram tão somente rostos pálidos e nem o formoso sol pôde colori-los, pois todos sabiam muito bem que o mais terrível ainda estava por vir. Então se ouviu que o pároco morrera coberto de erupções negras, que Hans fora encontrado com o rosto hororrosamente desfigurado e sobre a hedionda aranha em que Cristina se metamorfoseara ouviam-se estranhas palavras disparatadas.

Era um belo dia de colheita, mas nenhuma mão se pôs a trabalhar; as pessoas se aglomeravam, como costuma acontecer no dia que se segue a uma grande desgraça. Somente agora sentiam muito bem em suas almas trêmulas o que significa querer comprar a solução para uma praga e aflição terrenas com uma alma imortal, sentiam que no céu há um Deus que vinga terrivelmente toda injustiça cometida contra pobres crianças que não podem se defender. Assim, eles se juntavam para tremer e lamentar-se juntos, e quem estava em casa alheia não podia retornar para a própria; e, contudo, discórdia e altercação surgiram entre eles, um jogava a culpa sobre o outro e cada um pretendia ter alertado e advertido; e se, por um lado, todos concordavam que a punição deveria atingir os culpados, por outro ninguém queria vê-la recair sobre si e a própria casa. E se, em meio a essa dissensão e terrível expectativa, eles soubessem de uma nova vítima inocente, não haveria uma só pessoa que não atentasse contra ela na esperança de salvar a própria pele.

Então um homem soltou um grito estarrecedor no meio da multidão; era-lhe como se tivesse pisado num espinho incandescente, como se o pé houvesse sido pregado ao chão com cravos em brasa, como se o fogo lhe penetrasse até a medula dos ossos. A multidão abriu uma clareira e todos os olhos se dirigiram ao pé para o qual o homem que gritara levou a mão. Sobre esse pé arqueava-se a aranha, imensa e negra, relanceando maliciosamente o olhar venenoso. O sangue se congelou de imediato em todas as veias, depois foi a vez da respiração se deter no peito, e em seguida o olhar se petrificou; tranquila e maliciosa, a aranha encarava as pessoas ao redor, e o pé enegreceu e parecia que no corpo se digladiavam fogo e água em meio a chiados apavorantes. O medo rompeu todas as cadeias do terror e a multidão se dispersou. Em rapidez admirável, contudo, a aranha já havia abandonado seu posto e rastejava sobre o pé desse e o calcanhar daquele, e gritos apavorantes impulsionavam com força cada vez maior os que fugiam. Com a velocidade do vento e em pavor mortal, como a presa espectral durante a caça demoníaca,[42] acorreram para casa levantando poeira, e cada um presumia ter a aranha atrás de si; aferrolhavam a porta e, todavia, não cessavam de tremer, presas de um medo inominável.

E pelo espaço de um dia a aranha desapareceu, não se ouviu nenhum novo grito de agonia; as pessoas tinham de sair das casas aferrolhadas, tinham de partir em busca de alimento para si e para o gado e o fizeram em meio a uma angústia mortal. Pois onde estava então a aranha? E ela não poderia surgir ali e rastejar repentinamente sobre um pé? E quem dava seus passos com maior prudência, quem inspecionava tudo com os olhos mais apurados, este via de repente a aranha sentada sobre sua mão ou seu pé, ela corria-lhe pelo rosto, agarrava-se negra e enorme ao nariz e mirava em seus olhos. Espinhos incandescentes lhe revolviam os ossos, cha-

---

[42] O avô-narrador faz ressoar aqui a tradição folclórica sobre o exército fantasmagórico conduzido pelo "caçador selvagem" (ver nota 30).

mas do inferno derramavam-se sobre ele até que a morte o prostrasse.

　　Desse modo, a aranha num instante não estava em parte alguma e pouco depois estava ali, em seguida mais além, logo estava no vale abaixo e, logo, no alto das montanhas; sibilava pela relva, caía do telhado, brotava da terra. Em pleno meio-dia, quando as pessoas se reuniam em torno da panela com mingau de aveia, ela aparecia debaixo da mesa e lhes fixava o olhar, e antes que pudessem dominar o terror ela já tinha rastejado sobre suas mãos, já havia ocupado a cabeceira, onde costumava sentar-se o chefe da família, e olhava fixamente por cima da mesa e das mãos que iam enegrecendo. Caía de madrugada sobre os rostos das pessoas, cortava-lhes o caminho na floresta, buscava-as no estábulo. Nenhum ser humano podia evitá-la, ela não estava em lugar algum e estava em toda parte, ninguém conseguia proteger-se dela durante a vigília e tampouco estava seguro durante o sono. Quando se presumiam em segurança máxima, a céu aberto e no alto de uma árvore, um fogaréu lhes subia pelas costas, sentiam na nuca os pés abrasantes da aranha e ela os encarava por sobre o ombro. Não poupava a criança no berço nem o ancião no leito de morte. Grassava uma mortandade inaudita, e a maneira como morriam as pessoas ultrapassava o que de mais hediondo se havia vivenciado, e ainda mais terrível do que agonia e morte era o medo inominável que tinham da aranha, que estava em toda parte e em lugar algum, que de repente trazia a morte, mirando nos olhos daquele que se presumia em plena segurança.

　　Como era de se esperar, a notícia dessa situação pavorosa não demorou a penetrar no castelo e levou também para lá terror e discórdia, tanto quanto o permitiam as regras da Ordem dos Cavaleiros. O comendador Hans von Stoffeln ficou apreensivo com a possibilidade de também eles serem vitimados, como o fora antes seu gado, e o falecido sacerdote havia explicitado muitas coisas que inquietavam agora sua alma. Ele lhe dissera algumas vezes que todo o sofrimento que ele impingia aos camponeses recairia de volta sobre sua própria pessoa; mas ele nunca acreditou nisso, pois supunha que Deus saberia diferenciar entre um cavaleiro e um camponês, do contrário não os teria criado tão desiguais. Agora, contudo, angustiava-o que tudo pudesse se passar conforme dissera o sacerdote, lançou duras recriminações sobre seus cavaleiros e avaliou que estava próxima uma pesada punição por causa de suas palavras levianas. Os cavaleiros, porém, não queriam ser responsabilizados e um jogava a culpa sobre o outro. E ainda que nenhum deles o dissesse explicitamente, todos achavam que isso tudo, no fundo, dizia respeito apenas a von Stoffeln, já que, bem consideradas as coisas, era ele o culpado por toda a situação. E eles viram ao seu lado um jovem cavaleiro que lutara na Polônia, e fora este que pronunciara as palavras mais levianas sobre o castelo, incitando assim von Stoffeln, mais do que qualquer outro, a conceber a nova construção e a petulante aleia sombreada. Ele era muito jovem ainda e, no entanto, o mais indômito de todos, e sempre que uma ação intrépida os chamava, ele estava na linha de frente; esse cavaleiro agia como um pagão e não temia nem a Deus nem ao diabo.

Ele percebeu muito bem o que os outros cavaleiros tinham em mente, mas não podiam dizer-lhe, e notou também o medo secreto que os dominava. Por isso escarneceu deles e perguntou-lhes o que fariam diante de um dragão, já que tinham tanto medo de uma aranha! Armou-se então muito bem e cavalgou a caminho do vale, propondo-se soberbamente a não retornar antes que seu corcel tivesse pisoteado a aranha e seu punho a tivesse esmagado. Cães ferozes acompanharam-no saltando, o falcão estava pousado em seu punho, a lança balançava na sela e o cavalo empinava animadamente.

Em parte com alegria maligna, em parte com angústia, os cavaleiros viram-no cavalgar para fora do castelo e se recordaram daquela ronda noturna em Bärhegen, quando a força das armas terrenas valera tão pouco em face do inimigo.

Ele foi cavalgando ao longo da orla de um bosque de pinheiros, inspecionando tudo ao seu redor e acima de si. Quando avistou a casa rodeada de pessoas, chamou os cachorros e tirou o capuz da cabeça do falcão, o punhal tilintando solto na bainha. Voltando os olhos ofuscados para o cavaleiro, a fim de receber seu sinal, o falcão se desprendeu do punho e se projetou aos ares, os cães que vinham saltitantes soltaram um uivo e desapareceram com o rabo entre as pernas. Em vão o cavaleiro saiu atrás deles chamando-os; não reviu mais seus animais. Cavalgou então na direção das pessoas, queria recolher informações; elas aguardaram até que ele se aproximasse. Soltaram então um grito estarrecedor e fugiram para florestas e furnas, pois sobre o elmo do cavaleiro se arqueava a aranha, negra e em tamanho descomunal, espraiando pelos campos os olhos venenosos e maliciosos. Sem saber, ele portava consigo o que procurava; em cólera ardente gritou e esporeou o corcel no encalço das pessoas, foi gritando com ira crescente, cavalgava de maneira cada vez mais tresloucada, o pavor ia se intensificando nos brados que soltava, até que por fim ele e seu corcel despencaram de um penedo. No vale abaixo encontraram elmo e cadáver, e através do elmo os pés da aranha haviam aberto um caminho de chamas até o cérebro do cavaleiro e ali se alastrara, até que a morte o levasse, o mais horroroso dos incêndios.

Então mais do que nunca o terror grassou no castelo; os cavaleiros se trancaram em seu interior e, contudo, não se sentiam seguros; anelavam por armas espirituais, mas não encontraram ninguém que soubesse ou ousasse tomá-las em mão. Por fim um padre de longe se deixou seduzir por dinheiro e promessas; ele veio e quis sair a campo, com água benta e citações sagradas, contra o inimigo maligno. Para isso, porém, ele se fortaleceu não com orações e jejuns, mas se banqueteava já pela manhã com os cavaleiros, não contava as taças entornadas e refestelava-se prazerosamente com carne de veado e urso. Nos intervalos ele proseava muito sobre suas heroicas façanhas espirituais, enquanto os cavaleiros falavam de seus heroísmos mundanos; não se contava o número de taças que bebiam e a aranha foi esquecida. Então todo traço de vida se evolou repentinamente, petrificaram-se as mãos que seguravam taças e garfos, as bocas permaneceram abertas, os olhos se fixaram vítreos num único ponto; apenas von Stoffeln continuou esvaziando a taça e desfiava a narração de uma gesta heroica em terra pagã. Sobre sua cabeça, porém, estendia-se enorme a aranha e relanceava os olhos pela távola dos cavaleiros, sem que o comendador a sentisse. Então o fogo começou a escorrer pelos miolos e pelo sangue, ele soltou um grito medonho, levou a mão à cabeça, mas a aranha não se encontrava mais ali; com sua agilidade apavorante tinha corrido sobre todos os rostos, ninguém conseguiu defender-se. Um depois do outro se pôs a gritar, consumido pelo fogo, e sobre a calva do padre ela abaixou os olhos escancarados para o cenário atroz, e com a taça que não saía de sua mão o padre quis apagar o incêndio que lhe flamejava da cabeça para baixo, penetrando até a medula dos ossos. Mas a aranha arrostava obstinadamente a arma e, do alto de seu trono, continuou mirando abaixo o cenário atroz, até que o último cavaleiro soltou o último grito, fenecendo com um derradeiro suspiro.[43]

---

[43] Num estudo publicado em 1958 ("Remissão didática: Jeremias Gotthelf", ver nota 9 no posfácio), Albrecht Schöne demonstrou que a essa cena do banquete subjaz o episódio bíblico "O festim de Baltazar", narrado no quinto capítulo do livro de Daniel. Para Schöne, o leitor de *A aranha negra* que perceber as inúmeras alusões e referências ao Antigo e ao

No castelo restaram tão somente uns poucos serviçais, os quais nunca haviam debochado dos camponeses; esses criados contaram os fatos horrorosos que ali se deram. Mas o sentimento de que justiça fora feita aos cavaleiros não consolava os camponeses; o pavor apenas crescia, tornava-se mais excruciante. Não poucos tentaram fugir. Alguns quiseram deixar o vale, mas exatamente estes foram ao encontro da aranha. Seus cadáveres foram encontrados pelo caminho. Outros fugiram para o alto de montanhas, mas antes deles a aranha já se encontrava lá e, quando se acreditavam salvos, eis a aranha rastejando por suas nucas ou rostos. O monstro tornava-se cada vez mais maligno, cada vez mais demoníaco. Ele não surpreendia mais com ataques repentinos, não mais lançava inesperadamente as pessoas em labaredas mortíferas; aguardava a vítima na relva, do alto de uma árvore balançava sobre sua cabeça, encarava-a venenosamente. Então a pessoa fugia para tão longe quanto podiam levá-la suas pernas e, quando se detinha sem fôlego, eis a aranha à sua frente, encarando-a venenosamente. Fugia ela novamente e via-se depois obrigada a suster novamente os passos, eis a aranha mais uma vez à sua frente; e, não podendo mais a pessoa voltar a fugir, ela rastejava lentamente em sua direção e dava-lhe a morte.

Então alguns tentaram, em extremo desespero, oferecer-lhe resistência, conjecturando que talvez se pudesse matar a aranha; quando a viam na relva, pronta para o bote, lançavam pedras imensas sobre ela, atacavam-na com maças, com machados, mas tudo embalde. A pedra mais pesada não a esmagava, o machado mais afiado não a feria, incólume ela rastejava ao encontro dos agressores, inesperadamente alo-

---

Novo Testamento verá o grande mundo da Bíblia alçar-se por detrás da pequena aldeia do Emmental.

java-se em seus rostos. Fuga, resistência, tudo em vão. Então toda esperança se extinguiu e o desespero tomou conta do vale, alastrando-se pelas montanhas.

Até esse momento o monstro havia poupado uma única casa, nunca se mostrara em suas imediações; era a casa em que Cristina morou e da qual roubara o bebê. O seu próprio marido, ela o havia atacado num campo remoto e lá se encontrou depois seu corpo mutilado de uma maneira mais horrorosa do que jamais se avistara em qualquer outro cadáver, os traços do rosto desfigurados por suplícios indizíveis. Nele a aranha extravasou sua cólera mais encarniçada, e o marido foi contemplado assim com o reencontro mais terrível. Mas ninguém viu como isso efetivamente se passou. À própria casa ela ainda não viera; se a aranha queria deixá-la por último ou se o pejo a mantinha distante, isso ninguém podia adivinhar. Mas o medo também penetrou ali, não menos do que nos outros lugares.

Aquela mulherzinha devota tinha se restabelecido e agora não temia por si, mas sim, e quase em demasia, por seu fiel menininho e sua irmãzinha, velando dia e noite por eles, sendo que a avó compartilhava solidariamente suas apreensões e vigílias. E juntas oravam a Deus pedindo-lhe que mantivesse seus olhos abertos para a vigília, que as iluminasse e fortalecesse para a salvação das criancinhas inocentes.

Com frequência afigurava-lhes, quando passavam longas noites em claro, que viam a aranha faiscar e tremeluzir em desvãos escuros ou espiar pela janela para dentro do quarto. Então a angústia das mulheres intensificava-se, pois não tinham a menor ideia de como proteger as crianças da aranha, e pediam a Deus com fervor tanto maior que as guiasse e protegesse. Elas haviam providenciado toda sorte de armas, mas quando ouviram que a pedra perdia seu impacto, o machado seu gume, colocaram essas armas de lado. Então um pensamento foi se tornando cada vez mais vívido para a mãe, foi penetrando em seu íntimo com crescente nitidez: se alguém ousasse agarrar a aranha com a mão talvez pudesse dominá-la. Ela tinha ouvido histórias de pessoas que, nada alcançando com pedras, tentaram esmagá-la com as mãos, mas debalde. Uma torrente horrorosa de fogo, que lhes corria pela mão e pelo braço provocando violentas contrações, tolhia toda força e levava a morte ao coração. Também lhe pareceu que ela não conseguiria esmagar a aranha, mas agarrá-la, sim, e então Deus lhe concederia força suficiente para colocá-la em algum lugar a fim de neutralizá-la. A pequena mulher também já tinha ouvido falar várias vezes de pessoas experientes que conseguiram aprisionar espíritos num buraco aberto em rochedos ou madeira, vedando-o depois com uma estaca; e enquanto ninguém retirava a estaca, o espírito permanecia banido nesse buraco.[44]

Seu íntimo a impelia cada vez mais a tentar algo semelhante. Ela abriu um orifício na ombreira da janela que, de seu posto junto ao berço, ficava facilmente ao alcance de sua mão direita, providenciou um botoque que vedava bem o orifício, consagrou-o com água benta, colocou um martelo ao lado e passou a orar dia e noite a Deus, pedindo forças para a execução do ato. Às vezes, porém, a carne era mais forte do que o espírito e um pesado sono lhe cerrava os olhos;[45] em sonho ela via então a aranha, cravando os olhos nos cachos dourados de seu menininho, saía sobressaltada do so-

---

[44] O aprisionamento de espíritos malignos e mesmo da peste em um orifício aberto em madeira ou rocha e tapado com uma cavilha constitui um motivo frequente em sagas e contos maravilhosos. É possível que Gotthelf o tenha encontrado numa saga do cantão de Appenzell, adaptada e publicada pelos irmãos Grimm com o título "O espírito no vidro" ("Der Geist im Glas").

[45] O narrador inverte aqui (mas preservando o sentido) uma passagem do Evangelho de Mateus (26: 41): "Vigiai e orai, para que não entreis em tentação, pois o espírito está pronto, mas a carne é fraca".

A aranha negra

nho e estendia as mãos aos cachos do menino. Mas lá não havia aranha alguma, um sorriso esboçava-se em seu rostinho, como sorriem as crianças que veem em sonho seu anjo. Para a mãe, contudo, era como se os olhos venenosos da aranha cintilassem em todos os cantos, e o sono a abandonava por longo tempo.

Foi assim que, certa vez, o sono a prostrou depois de árdua vigília e a envolveu em densa noite. Então lhe pareceu que o pio sacerdote que morrera na salvação de seu bebê acorresse de lugares longínquos e gritasse à distância:

— Mulher, desperta, o inimigo chegou!

Por três vezes ele gritou e somente na terceira ela se desvencilhou das rígidas amarras do sono; mas, à medida que foi levantando penosamente as pestanas, ia divisando aos poucos como a aranha negra, intumescida de veneno, marchava sobre o berço na direção do rosto de seu menino. Ela pensou então em Deus e com um rápido movimento de mão agarrou a aranha. Torrentes de fogo jorraram de seu corpo e percorreram mão e braço da mãe fiel, chegando até o coração; mas a lealdade e o amor maternos apertaram-lhe o punho e Deus concedeu-lhe forças para resistir. Sofrendo miríades de dores mortais, ela empurrou a aranha com uma mão para dentro da abertura já preparada para recebê-la, com a outra encaixou o botoque e enterrou-o firmemente com o martelo.

Lá dentro silvava e estrondeava, como se ventos tempestuosos lutassem com o mar; a casa oscilou em seus fundamentos, mas o botoque se manteve firme, a aranha permaneceu aprisionada. Entretanto a fiel mãe ainda pôde regozijar-se com a salvação de sua criancinha, agradeceu a Deus pela graça e expirou então na mesma morte que coubera a todas as demais vítimas da aranha; mas a fidelidade materna fez as dores se extinguirem e os anjos conduziram sua alma ao trono de Deus, onde estão todos os heróis que empenharam a vida em prol dos outros, que se revelaram intrépidos na causa de Deus e de seus semelhantes.

Nesse momento a morte negra chegou ao fim.⁴⁶ A vida e a calma retornaram ao vale. E a aranha negra não foi mais avistada desde então, pois estava aprisionada nesse orifício em que ainda hoje se encontra.

— O quê, ali na madeira escura? — gritou a madrinha e deu um salto como se tivesse pisado num formigueiro. Ela estivera sentada o tempo todo junto àquela madeira. E agora as costas lhe queimavam, ela se virava, olhava para trás de si, esfregava a mão sobre a ardência e não se libertava do medo de ter a aranha próxima à sua nuca.

Também os outros sentiram um aperto no coração quando o avô se calou. Um denso silêncio havia descido sobre todos. Ninguém ousou fazer uma zombaria, mas também ninguém quis falar sobre as virtudes da história; cada um dos presentes preferia ouvir primeiro uma palavra alheia para articular em seguida sua própria manifestação, pois desse modo o risco de emitir uma opinião equivocada seria menor. Nesse momento a parteira, que já havia chamado várias vezes sem obter resposta, entrou apressada; seu rosto afogueava-se num vermelho intenso, como se a aranha tivesse rastejado por ele. Ela começou a reclamar porque ninguém queria vir à mesa, por mais alto que ela chamasse. Isso lhe parecia uma coisa muito estranha; sempre que se cozinha, as pessoas não querem sentar-se para comer, e se agora a comida perder o sabor a culpa não será sua, ela já conhecia muito bem essa

---

[46] Como "morte negra" (*schwarzer Tod*) se designa a pandemia que assolou a Europa — e, portanto, também a Suíça — de 1347 a 1353, dizimando pelo menos um terço de sua população. A bactéria *Yersinia pestis*, transmitida por pulgas hospedadas em ratos, é considerada hoje como responsável por essa epidemia da peste negra.

situação. Quando uma carne tão gorda como a que estava nas panelas esfria, ninguém mais pode comê-la; e fria, além do mais, não faz bem para a saúde.

Então as pessoas vieram, mas muito lentamente, e ninguém queria ser o primeiro a passar pela porta, de tal modo que o avô teve de tomar a dianteira. Dessa vez não se tratava do costume de evitar dar a impressão de que não se queria esperar para comer; era antes a hesitação que acomete qualquer um que esteja para entrar num lugar horripilante e, todavia, ali não havia nada que pudesse horripilar quem quer que fosse. Sobre a mesa resplandeciam as belas garrafas de vinho que haviam sido envasadas pouco antes, dois esplêndidos presuntos se exibiam, fumegavam igualmente imponentes assados de vitela e de cordeiro, de entremeio pães de massa trançada e também, apertados um ao lado do outro, pratos com tortas, pratos com três espécies de bolinhos, e tampouco faltavam os pequenos bules com o chá adocicado. Dava gosto ver todas essas delícias e, contudo, ninguém lhes prestava a mínima atenção; todos relanceavam os olhos ao redor, de medo que a aranha estivesse cintilando em um dos cantos, ou mesmo fitando-os do alto do magnífico presunto com seus olhos venenosos. Não a viam em parte alguma e, no entanto, ninguém pronunciava aquelas expressões costumeiras: onde já se viu servir tanta coisa assim!, quem haverá de dar conta de tudo isso!, já se comeu muito mais do que o suficiente!. Em vez disso, todo mundo se apinhava na extremidade inferior da mesa e ninguém queria sentar-se perto da cabeceira.

Em vão a gente da casa mostrava aos convivas os lugares vazios, exortando-os a dar um passo à frente: eles ficavam postados ali como que pregados ao chão; debalde o pai do batizando enchia as taças e exclamava que eles deveriam se aproximar e fazer um brinde, pois a bebida já estava servida. Então ele tomou a madrinha pelo braço e disse:

— Seja a mais sensata e dê o exemplo!

Mas ela se defendeu com todas suas forças, que não eram desprezíveis, e atalhou:

— Por nada desse mundo eu volto a sentar-me ali na frente! Minhas costas parecem comichar de cima a baixo, como se alguém as tivesse esfregado com urtigas. Se eu me sentar de novo diante da ombreira, sentirei sem cessar a horrível aranha na minha nuca.

— Culpado disso tudo é você, velho — disse a avó —, por que você foi inventar de trazer à baila essa história? Uma coisa dessas não serve para nada hoje em dia e pode trazer danos para nossa casa. E se um dia as crianças voltarem com queixas e lágrimas da escola porque as outras crianças lhes jogaram na cara que sua avó é uma bruxa e se encontra banida na ombreira da janela, será graças a você.

— Acalme-se, velha — disse o avô —, nos dias de hoje as pessoas logo se esquecem de tudo e nada mais é preservado na memória como antigamente. Eles quiseram ouvir de mim a história, e é melhor saberem a verdade de maneira exata do que ficarem depois inventando coisas; e a verdade não traz nenhuma desonra à nossa casa. Mas venham e tomem lugar; vejam, eu próprio vou me sentar diante do botoque. Já me sentei nesse lugar milhares de vezes, sem temor e sem hesitação e, por isso, também sem correr perigo algum. Apenas quando maus pensamentos se levantavam em meu íntimo, pensamentos dos quais o diabo costuma se servir, era como se algo roncasse atrás de mim, à semelhança de um gato que ronrona quando a gente o pega no colo, acaricia sua pele e lhe proporciona bem-estar; então algo estranho e inquietante percorria-me a espinha. No mais, porém, ela permanecia totalmente quieta lá dentro, e enquanto a gente não se esquecer de Deus aqui fora, ela terá de esperar inerme lá dentro.

Então os convivas criaram coragem e sentaram-se, mas ninguém queria chegar muito perto do avô. Finalmente o pai do batizando pôde servir e colocou um imponente assado no prato de sua vizinha; esta fatiou uma porção e levou o restante ao prato do vizinho, desprendendo-o do garfo com o polegar. E assim foi circulando o assado, até alguém dizer que não o passaria adiante e que havia mais na panela; e então um novo pedaço começou a circular. Enquanto o pai da criança ia servindo a comida e enchendo as taças, dizendo-lhe os convivas que ele estava tendo um dia extenuante, a parteira fazia a ronda com o chá adocicado, fortemente condimentado com açafrão e canela; oferecia-o a todos exclamando que deveria se manifestar quem gostasse, os bules estavam repletos. E quem dizia que gostava, tinha a taça de vinho complementada com chá e a parteira dizia que também apreciava essa mistura, pois assim se podia suportar melhor o vinho, que depois não dava dor de cabeça. Assim iam comendo e bebendo. Contudo, mal se acalmou o alvoroço que se levanta sempre que se vai atrás de novos pratos, o silêncio dominou novamente o ambiente e também as fisionomias se tornaram sérias, percebendo-se então que todos os pensamentos giravam em torno da aranha. Tímida e furtivamente os olhares se dirigiam ao botoque atrás das costas do avô e, todavia, ninguém se atrevia a tocar de novo no assunto.

Foi quando a madrinha soltou um grito e quase caiu da cadeira. Uma mosca tinha esvoaçado sobre o botoque e ela achara que as pernas negras da aranha se movimentavam para fora do buraco e o susto a fez tremer da cabeça aos pés. Mas nem bem os demais terminaram de rir, e o susto da mulher se converteu no ensejo bem-vindo para se retomar o assunto da aranha; pois quando uma coisa mexe de fato com nossa alma, esta permanece por um bom tempo sob sua influência.

— Mas ouça, primo — disse o padrinho mais velho —, desde então a aranha não saiu mais do buraco e permaneceu sempre quietinha lá dentro por centenas de anos?

A avó soltou uma exclamação e disse que seria melhor encerrar o assunto, pois já se falara dele a tarde inteira.

— Ei, avó — disse o primo —, deixe o seu velho falar, ele já nos fez passar o tempo, e ninguém vai querer acusar vocês por causa disso, pois na sua casa ninguém desce de Cristina. Você não vai afastar nossos pensamentos da aranha, e se não pudermos continuar falando dela, não falaremos de mais nada, e então será o fim do nosso entretenimento. E então, avô, conte, sua velha não haverá de nos levar a mal.

— Bem, se vocês quiserem forçar, por mim podem forçar; o mais sensato, porém, seria começar agora um novo assunto, sobretudo porque a noite vem chegando — disse a avó.

O avô recomeçou então e os rostos se contraíram novamente:

— O que eu sei não é muita coisa, mas quero contar o que sei; nos tempos atuais talvez possa servir como exemplo para alguém e o fato é que não haverá de prejudicar muita gente.

Sabendo as pessoas que a aranha estava aprisionada e suas vidas novamente em segurança, então elas devem ter se sentido como se estivessem no céu, na companhia do bom Deus com toda sua bem-aventurança, e por muito tempo tudo correu bem. Apegavam-se a Deus e fugiam do diabo, sendo que também os novos cavaleiros que haviam se estabelecido no castelo mostravam respeito pelo poder divino, tratavam os súditos com brandura e os auxiliavam.

Essa casa, porém, todos a contemplavam com veneração, quase como se fosse uma igreja. É verdade que no início se arrepiavam ao avistá-la, ao ver o cárcere da horrorosa aranha, e consideravam que ela poderia facilmente evadir-se e então toda a miséria recomeçaria com o poder do diabo. Mas logo perceberam que a força de Deus é maior do que a do diabo e, por gratidão à mãe que morrera por todos, ajudaram seus filhos e espontaneamente tomaram conta de suas terras e propriedade, até o momento em que eles puderam assumir o trabalho com as próprias mãos. Os cavaleiros queriam autorizar-lhes a construir uma nova casa, para que não precisassem viver sob temor permanente da aranha, caso esta viesse a escapar na casa habitada; e também lhes foi oferecida ajuda por parte de muitos vizinhos que não conseguiam livrar-se da preocupação com o monstro que os fizera tremer de maneira tão atroz.

Contudo, a velha avó não quis aceitar as ofertas. Ela ensinou a seus netos que a aranha se encontrava banida ali em nome de Deus Pai, do Filho e do Espírito Santo; enquanto esses três nomes sagrados vigorassem nessa casa, enquanto se sentassem à mesa em honra a esses três nomes sagrados para comer e beber, estariam todos protegidos da aranha, que permaneceria bem presa no buraco, e nenhum acaso poderia ter influência sobre isso. Junto a essa mesa, com a aranha atrás de si, eles jamais se esqueceriam da potência divina e de quão necessária esta era para suas vidas; assim a aranha os advertiria sempre da presença de Deus e, enquanto resistência ao diabo, se converteria para eles em sinal de bem-aventurança espiritual. Se, porém, viessem a afastar-se de Deus, e ainda que em longínquo futuro, a aranha haveria de achá-los, quando não o próprio diabo. As crianças compreenderam a lição, permaneceram na casa, cresceram tementes a Deus e a bênção divina reinou nesse lar.

O menininho, que se mostrara tão fiel à mãe como esta a ele, tornou-se um homem respeitável, de comportamento agradável a Deus e aos homens, e logo caiu nas graças dos cavaleiros. Por isso ele também foi abençoado com bens materiais, que não o fizeram esquecer-se de Deus e com os quais ele nunca se mostrou avaro; ajudava pessoas em necessidade do mesmo modo como desejava ser ajudado se estivesse em necessidade extrema, e quando suas forças não bastavam para auxiliar de modo efetivo, ele atuava como um intercessor tanto mais pujante junto a Deus e aos homens. Ele foi abençoado com uma esposa sensata e entre o casal reinou inescrutável paz. Seus filhos cresceram assim tementes a Deus e, mais tarde, os esposos tiveram uma morte suave. Sua família continuou a prosperar no temor a Deus e na justiça.

Sim, a bênção divina pairou sobre todo o vale, a fortuna imperava nos campos e estábulos e entre os homens havia paz. A terrível lição penetrou nos corações humanos e eles se apegaram ao Senhor; tudo o que faziam, faziam-no em seu nome, e sempre que alguém podia ajudar o próximo não se protelava a ajuda. Do castelo não adveio mais nenhum mal, mas muita dádiva. Cada vez menos cavaleiros o habitavam, pois o combate em terras pagãs recrudescia sem cessar e toda mão que pudesse empunhar a espada se tornava cada vez mais necessária; aqueles, contudo, que ficaram no castelo se viam confrontados diariamente com o grande pavilhão mortuário, em que a aranha exercera seu poder sobre cavaleiros e camponeses, sendo assim advertidos de que Deus atua com a mesma força sobre qualquer um que venha a renegá-lo, seja ele camponês ou cavaleiro.

Transcorreram desse modo muitos anos em felicidade e bênçãos e esse vale adquiriu notoriedade incomparável. Construíram-se casas imponentes, as provisões aumentavam, moedas de ouro descansavam em arcas, por todos os vales e montanhas o seu gado era o mais formoso, suas filhas gozavam de fama de cima a baixo na região, seus filhos eram bem-vistos por toda parte. E essa glória não feneceu da noite para o dia, como o arbusto que deu sombra a Jonas, mas foi perdurando de geração a geração.[47] Pois no mesmo temor a Deus e na mesma honradez como os pais, também os filhos

---

[47] A narração do avô alude agora à mamoneira que Deus fez crescer para proporcionar sombra a Jonas, que desejava a destruição da cidade de

foram vivendo de geração a geração. Do mesmo modo, porém, como o verme se infiltra na pereira que recebe os nutrientes mais ricos e viceja com maior pujança, e depois passa a corroer a árvore, fazendo-a definhar e por fim matando-a, assim também acontece que, onde a torrente de dádivas divinas se derrama sobre os homens com mais abundância, o verme insinua-se na bênção, enfatua e enceguece os homens, de maneira que eles se esquecem de Deus em meio às bênçãos, esquecem-se daquele que lhes doou as riquezas de que usufruem, e se tornam como os israelitas que, após terem recebido a ajuda de Deus, esqueceram-se do benfeitor em meio aos bezerros de ouro.[48]

Deu-se assim que, após a passagem de várias gerações, soberba e vaidade fincaram raízes nesse vale, mulheres estrangeiras trouxeram-nas consigo e as multiplicaram. As roupas se tornaram cada vez mais afetadas, via-se o brilho das joias, a vaidade ousou apropriar-se até mesmo dos símbolos sagrados e, em vez dos corações humanos aproximarem-se fervorosamente de Deus durante as orações, os olhos se fixavam vaidosamente nas contas douradas dos rosários. Os cultos religiosos impregnaram-se de fausto e vaidade, os corações se endureceram perante Deus e os semelhantes. Ninguém mais se importava com os mandamentos divinos, escarnecia-se dos cultos e dos sacerdotes; pois onde há muita vaidade ou muito dinheiro, alastra-se prazerosamente a presunção que toma sua concupiscência por sabedoria e a coloca acima da sabedoria divina. Do mesmo modo como os habitantes do vale haviam sido flagelados outrora pelos cavaleiros, eles en-

---

Nínive; o profeta se alegra com esse alívio, mas já na manhã seguinte Deus envia um verme que pica a mamoneira e a faz estiolar-se (Jonas, 4: 6-11).

[48] Alusão ao bezerro de ouro fundido por Aarão com os brincos do povo israelita enquanto Moisés se encontrava no monte Sinai para receber de Deus as tábuas do Testemunho (Êxodo, 32: 1-6).

dureceram a relação com os serviçais e passaram a flagelá-los; quanto menos trabalhavam, impingiam-lhes uma corveia tanto mais pesada, e quanto mais exigiam dos servos e das criadas, mais animalesco se tornava o tratamento que lhes dispensavam, sem considerar que também eram dotados de almas que deviam ser respeitadas. Onde impera muito dinheiro ou muita vaidade, começa a mania de construir, uma construção mais suntuosa do que a outra, e assim como outrora os cavaleiros davam ordens de construir, agora as pessoas passaram a agir do mesmo modo, e assim como haviam sido flageladas pelos cavaleiros, não poupavam agora nem os servos nem os animais, possuídos que estavam pelo demônio que instiga a construir.

Tal transformação atingiu também aquela casa, ao passo que ainda perdurava a antiga riqueza.

Quase duzentos anos tinham se passado desde o aprisionamento da aranha no buraco, e então uma mulher astuta e enérgica tomou as rédeas na casa;[49] ela não era de Lindau, mas em muitos aspectos se assemelhava a Cristina. Também vinha do estrangeiro, consagrava-se à vaidade e à soberba e tinha um único filho, sendo que o marido morrera sob seu jugo. Esse filho era um belo menino, tinha um bom coração e tratava bem as pessoas e os animais. Ela o amava muito, mas não deixava que isso transparecesse. Controlava cada um de seus passos e não se mostrava de acordo com nada que ela própria não houvesse autorizado; o filho já se fizera adulto havia tempo e não podia juntar-se a seus camaradas ou ir a uma festa paroquial sem o acompanhamento da mãe. Quando ela por fim o considerou em idade adequada, deu-lhe uma mulher de sua parentela, escolhida conforme

---

[49] Esse salto de duzentos anos irá situar a segunda história emoldurada por volta do ano de 1434, quando se registra na região de Sumiswald, segundo crônicas locais, nova mortandade causada pela peste.

seu gosto. Agora ele tinha, em vez de uma, duas mulheres para lhe dar ordens, ambas igualmente vaidosas e soberbas, sendo que Cristiano era forçado a ser como elas, e toda vez que ele se mostrava amável e humilde, como era próprio de sua natureza, elas lhe mostravam quem mandava ali.

Havia muito que a velha casa era um espinho aos olhos das duas mulheres, que se envergonhavam porque os vizinhos possuíam casas novas e, no entanto, não eram tão ricos como elas. Ainda naquele tempo a saga da aranha e tudo o que a avó havia dito continuava na memória de cada pessoa, do contrário a velha casa já teria sido demolida muito tempo atrás, mas todos impediam que as duas mulheres fizessem tal coisa. Cada vez mais tomavam esse impedimento por uma forma de inveja, que não queria conceder-lhes uma nova casa. Além disso, eram acometidas por uma sensação cada vez mais sinistra na casa antiga. Sempre que se sentavam à mesa parecia-lhes que o gato ronronasse de satisfação atrás delas, ou que o orifício se abrisse suavemente e a aranha se preparasse para saltar-lhes à nuca. Careciam daquele propósito que levara à vedação do buraco, por isso temiam cada vez mais que ele pudesse abrir-se. Encontraram assim um bom motivo para construir uma nova casa, na qual não precisariam se amedrontar mais com a aranha, conforme acreditavam. Queriam deixar a antiga à criadagem, que muitas vezes representava um empecilho à sua vaidade, e esse foi o acordo estabelecido entre as duas mulheres.

Cristiano ficou muito contrariado, pois sabia o que a velha avó havia dito e acreditava que a bênção familiar estava ligada à casa que a família habitava; a aranha não lhe metia medo algum e, quando ele se sentava à cabeceira da mesa, parecia-lhe que podia rezar com máximo fervor. Ele disse o que pensava, mas as mulheres mandaram-no calar-se e, por causa de seu temperamento submisso, calou-se; muitas vezes, contudo, ele se recolhia para chorar amargamente.

Mais adiante, acima da árvore sob a qual estivemos sentados, planejou-se construir uma casa como não havia igual em toda a região. Numa precipitação vaidosa, uma vez que as duas mulheres não tinham noção alguma de carpintaria e mal podiam esperar o momento de se jactar da nova casa, mortificavam a criadagem e o gado com a construção, não respeitavam nem sequer os feriados sagrados e mesmo de noite não lhes concediam repouso; e não havia vizinho que pudesse ajudar de maneira a deixar as mulheres satisfeitas, e contra o qual elas não praguejassem quando ele — após ajuda prestada gratuitamente, como já então era costume entre vizinhos — voltava para casa a fim de dedicar-se a seus próprios afazeres.

Quando a estrutura foi levantada e se fixou a primeira estaca na soleira, subiu uma fumacinha do buraco, como se alguém tivesse tentado atear fogo em palha úmida; então os carpinteiros balançaram pensativos a cabeça e disseram, abertamente e à boca pequena, que a nova construção não haveria de perdurar por muito tempo; as mulheres, todavia, zombaram e não deram atenção ao sinal. Quando finalmente a casa estava pronta, elas fizeram a mudança, instalaram-se com uma suntuosidade inaudita e, para festejar a tradicional inauguração da casa, deram uma festa que durou três dias inteiros e da qual se falou ainda por muito tempo em toda a região do Emmental.[50]

Conta-se, porém, que durante esses três dias se ouviu por toda a casa um estranho zunido, como o de um gato que manifesta bem-estar ao ser acariciado. Mas, apesar de muito se procurar, não foi possível encontrar o gato do qual vinha

---

[50] No original, essa tradicional festa de inauguração é designada com o termo suíço *Hausräuki* (*Hausrauch*, em alto-alemão: *Rauch*, "fumaça", e *Haus*, "casa"). Nessa ocasião acende-se pela primeira vez o fogão da casa.

o ruído; então várias pessoas foram tomadas pela inquietação e, a despeito de toda a magnificência, foram embora no meio da festa. Tão somente as duas mulheres não ouviram nada e não atentaram a nenhum sinal, pois presumiam ter alcançado todos os seus objetivos com a nova casa.

Sim, quem está cego não vê o próprio sol, e quem está surdo não ouve sequer o trovão. Por isso as mulheres se deleitavam com a nova casa, a cada dia se tornavam ainda mais vaidosas. Não pensavam na aranha, mas iam levando uma vida de muito ócio e abundância na habitação recém-construída, pavoneando-se e banqueteando-se; não havia ninguém que pudesse trazê-las à razão, e em Deus elas não pensavam.

A criadagem ficou sozinha na casa antiga, vivendo a seu bel-prazer, e sempre que Cristiano tentava colocá-la sob sua supervisão, as mulheres não o toleravam e repreendiam-no, a mãe movida principalmente por soberba e a mulher, quase sempre por ciúmes. Por isso o senso de ordem perdeu-se lá embaixo, e logo também desapareceu o temor a Deus; a verdade é que as coisas se encaminham sempre nessa direção quando não há mais ninguém que tenha o comando em mãos. Quando não há mais um mestre[51] à cabeceira da mesa, que aguce os ouvidos pela casa e mantenha as rédeas dentro e fora das quatro paredes, então aquele que age de maneira mais depravada logo se presume o maior de todos, e aquele que faz os discursos mais depravados se arroga ser o melhor.

Assim transcorriam as coisas na casa lá embaixo e logo toda a criadagem se assemelhava a uma cambada de gatos no estado mais selvagem. Não queriam saber mais de ora-

---

[51] Em sua vasta obra narrativa, enraizada no *milieu* camponês do cantão de Berna, Gotthelf usa com frequência o termo "mestre" (*Meister*) para designar o proprietário de uma granja (*Bauernhof*), que a supervisiona e administra patriarcalmente em todos os aspectos. Ele é, assim, "mestre" na relação com os empregados e os membros de sua própria família.

ções, por isso perderam todo respeito pela vontade do Senhor e por suas dádivas. Assim como a vaidade das mulheres que davam ordens não conhecia limites, assim também a soberba bestial dos serviçais não tinha mais restrição alguma. Profanava-se despudoradamente o pão, colheradas de mingau de aveia eram arremessadas por sobre a mesa na direção de todas as cabeças, sim, todo alimento era conspurcado de maneira abjeta apenas para estragar perfidamente o apetite do outro. Troçavam dos vizinhos, supliciavam o gado, escarneciam de qualquer cerimônia religiosa, negavam todo poder superior e atormentavam por todos os modos o sacerdote que os interpelara em tom punitivo; em síntese, não tinham mais nenhum temor perante Deus e os homens faziam cotidianamente coisas cada vez mais torpes.

 Servos e criadas punham em prática a conduta mais desavergonhada, atormentavam-se entre si por todas as vias possíveis e, quando os servos não souberam mais o que fazer para continuar a exasperar as moças, ocorreu a um deles aterrorizá-las e amansá-las com a aranha no buraco. Ele bombardeava o botoque com colheradas de mingau de aveia e leite, berrando que a coisa lá dentro deveria estar faminta, pois havia centenas de anos que não era alimentada. Então as criadas soltavam altos gritos e prometiam fazer tudo o que estivesse ao seu alcance, e até mesmo os outros servos se arrepiavam.

 Uma vez, porém, que o jogo se repetia sem maiores consequências, foi perdendo sua eficácia; as criadas não gritavam mais, não prometiam mais nada, e também os outros servos passaram a praticar a mesma coisa. Então aquele começou a revolver no buraco com a faca, lançava maldições pavorosas e bradava ao mesmo tempo que queria tirar o botoque para ver o que havia lá dentro, e então todos teriam algo de diferente para contemplar. Isso despertou novo terror e o sujeito que fez a ameaça conquistou ascendência sobre todos, conseguindo sob coerção tudo o que desejasse, sobretudo das moças.

Deve ter sido uma figura ominosa e ninguém sabia de onde vinha. Ele podia agir com a mansidão de um cordeiro e estraçalhar como um lobo. Estando em companhia feminina, era suave como um cordeiro; diante, todavia, de um agrupamento maior parecia um lobo feroz e portava-se como se odiasse a todos, como se quisesse suplantar tudo com palavras e ações dissolutas. Mas exatamente esse tipo de homem era então o preferido das mulheres. Por isso as criadas se escandalizavam publicamente com seus feitos; a sós, contudo, preferiam sua companhia à de qualquer outro homem. Ele tinha olhos desiguais, mas ninguém podia dizer a cor deles, e um olho parecia odiar o outro; jamais miravam o mesmo caminho; ele sabia, porém, dissimulá-lo sob seus longos cílios e baixando humildemente o olhar. Os cabelos eram bonitos e encaracolados, mas ninguém podia dizer se ruivos ou fulvos; à sombra era o mais formoso aloirado, mas quando o sol incidia sobre sua cabeça, então nenhum esquilo teria a pele mais ruiva. Ele afligia como ninguém os animais. Em contrapartida, estes também o odiavam. Cada um dos servos acreditava ter nele um amigo, e ele açulava um contra o outro. Entre todos, era o único que aprazia às duas mulheres que dominavam mais acima, somente ele frequentava sua casa e, nessas ocasiões, as criadas se entregavam a atos tresloucados lá embaixo. Tão logo ele percebia o que acontecera em sua ausência, enfiava sua faca no botoque e retomava as ameaças, até que as moças se colocavam todas aos seus pés.[52]

---

[52] "Colocar-se aos pés" traduz aqui a expressão alemã *zu Kreuze kriechen*, literalmente "rastejar à cruz". A expressão remonta à antiga penitência cristã de arrastar-se de joelhos, na Sexta-Feira Santa, até uma cruz. Gotthelf vale-se dessa expressão para sugerir a total submissão das moças aos caprichos do despótico servo.

Contudo, também esse jogo não preservou sua eficácia por muito tempo. As criadas se acostumaram a ele e por fim passaram a dizer:

— Faça isso, se tiver coragem, mas você não tem!

Aproximava-se o Natal, a noite sagrada. Mas o que nos é então consagrado, nisso servos e criadas não pensavam e haviam combinado uma grande diversão para essa noite. No castelo vivia apenas um velho cavaleiro, que quase não se preocupava mais com assuntos terrenos; um alcaide corrupto administrava tudo para seu próprio benefício. Por meio de negociações fraudulentas, os servos tinham comprado dele grande quantidade de um nobre vinho oriundo de terras húngaras, em cujas imediações os cavaleiros estavam engolfados em lutas encarniçadas.[53] Servos e criadas não conheciam o poder e a fogosidade do requintado vinho. Armou-se uma tempestade amedrontadora, com raios e rajadas de vento como raramente se viam nessa época do ano; seria impossível tirar um cachorro de seu refúgio embaixo do grande fogão. Não foi a tempestade que os impediu de ir à igreja; mesmo num tempo esplendoroso eles não teriam ido, mas tão somente enviado um representante. Contudo, a intempérie não permitiu que recebessem nenhuma visita de fora e, assim, permaneceram a sós na velha casa, abastecida com o nobre vinho.

Deram início à noite santa com maldições e dançarias, com coisas abjetas e depravadas; sentaram-se depois à mesa aguardando a refeição para a qual as criadas haviam preparado carne, mingau branco e outras delícias que conseguiram roubar. A brutalidade foi se tornando cada vez mais crassa, eles conspurcavam todos os alimentos e profanavam todos os símbolos sagrados. O mencionado servo que se alçara a líder escarnecia do sacerdote, repartia o pão e tomava seu vi-

---

[53] Trata-se, muito provavelmente, do vinho Tokaji, produzido na região de Tokaj-Hegyalja, no nordeste da Hungria.

A aranha negra

nho como se estivesse celebrando a missa; nisso, batizou o cachorro que se refugiara debaixo do fogão e foi fazendo coisas que arrepiaram e amedrontaram os demais, de tão blasfemas que eram. Cravou então sua faca no buraco e bradou sob maldições que iria mostrar a todos uma coisa muito estranha de se ver. Como isso não produzisse um terror mais intenso, já que a mesma cena se desenrolara algumas vezes antes e, no fundo, não se podia remover o botoque com a faca, ele apanhou num acesso de desvario uma furadeira, ensoberbeceu-se da maneira mais terrível, trovejando que todos iriam ver agora do que ele era capaz, que iriam pagar caro pelas suas risadas e tremer da cabeça aos pés, e com um portentoso giro enterrou a furadeira no botoque. Todos os presentes se precipitaram aos gritos sobre ele, mas antes que alguém pudesse impedi-lo, ele gargalhou como o diabo em pessoa e deu um vigoroso puxão na furadeira.

Então a casa toda foi sacudida por um trovejar descomunal, o malfeitor foi lançado de costas ao chão; uma rubra torrente de fogo irrompeu do buraco e em seu centro, imensa e negra, intumescida no veneno de séculos, estava a aranha, que em venenoso regozijo relanceava o olhar penetrante pelos sacrílegos ao redor. Petrificados por angústia mortal, estes não conseguiram mover um único membro para escapar do terrível monstro que, lentamente e transbordando perfídia, começou a rastejar pelos rostos, inoculando em todos a morte flamejante.

Um apavorante uivo de dor vibrou pela casa, como cem lobos acossados pela fome não seriam capazes de produzir. E logo ecoou na nova casa uma gritaria semelhante, e Cristiano, que retornava da santa missa por um caminho que cortava a montanha, pensou que bandoleiros haviam-na tomado de assalto; confiando em seu forte braço, desabalou para prestar ajuda aos seus. Não encontrou bandoleiro algum, mas tão somente a morte; com ela debatiam-se sua mulher e sua mãe, os rostos enegrecidos e muito inchados, já incapazes de emitir qualquer som. Seus filhos dormiam tranquilamente e nos rostos corados via-se uma expressão serena. No íntimo de Cristiano levantou-se um terrível pressentimento do que havia acontecido; precipitou-se para a casa de baixo e lá encontrou fulminados todos os serviçais, a sala transformada em câmara mortuária, destampado o horrífero buraco na ombreira da janela, a furadeira na mão do servo atrozmente desfigurado e, na ponta da furadeira, o assustador botoque.

Soube então o que havia acontecido, levou as mãos à cabeça, e se nesse momento a terra o tivesse engolido, isso teria lhe parecido justo. Algo então saiu rastejando de trás do fogão e se aconchegou à sua perna; ele estremeceu apavorado, mas não era a aranha, era um pobre menininho que ele tinha acolhido na casa pela vontade de Deus e deixado aos cuidados da ímpia criadagem, como hoje em dia acontece muitas vezes de se acolherem crianças pela vontade de Deus e jogá-las depois nas mãos do diabo. O menino não participara das perversidades da criadagem, pois buscara refúgio, assustado, atrás do fogão; a aranha poupara unicamente a ele, que podia assim contar como os acontecimentos tinham se desenrolado.

Mas ainda durante a narração do rapazinho os ares se encheram de gritos de horror que ecoavam das outras casas. Tomada por uma volúpia acumulada ao longo de séculos, a aranha voava por todo o vale, escolhia em primeiro lugar as casas mais suntuosas, onde menos se pensava em Deus, mas exclusivamente em assuntos mundanos e onde, portanto, ninguém queria saber da morte.

Nem bem nascera o dia e a notícia já estava em todas as casas: a velha aranha tinha escapado, percorria de novo a comunidade semeando a morte; muitos jaziam já sem vida e atrás do vale gritos saíam um após outro da garganta dos condenados. Pode-se fazer uma ideia da calamidade que grassava na região, da angústia presente no coração de todos e da espécie de Natal que se comemorava em Sumiswald. Alma alguma podia pensar na alegria que ele costuma trazer, e toda essa desgraça adviera do sacrilégio humano. Mas a desgraça aumentava continuamente, pois a aranha agia com mais rapidez e de maneira mais venenosa do que da vez anterior. Ela ora circulava nas primeiras casas da comunidade, ora nas últimas; mostrava-se ao mesmo tempo nas montanhas e no vale. Se antes ela costumava marcar aqui uma pessoa para morrer e outra acolá, agora ela raramente abandonava uma casa sem ter antes envenenado todos os moradores. Somente quando todos estertoravam na morte, ela se postava na soleira e observava com alegria sinistra o envenenamento, como querendo dizer que era ela de novo, que ela estava de novo ali, por mais longo que tivesse sido o seu encarceramento.

Era como se soubesse que lhe restava pouco tempo, ou então ela parecia querer poupar esforços; sempre que podia, dava cabo de vários de uma só vez. Por isso preferia espreitar os cortejos que conduziam os mortos à igreja. Ora aqui, ora ali, de preferência mais abaixo, no declive da igreja, ela irrompia em meio à multidão ou encarava repentinamente, do alto do caixão, os acompanhantes. Da procissão fúnebre subiam então aos céus medonhos gritos de sofrimento; pessoa após pessoa ia desabando ao chão até que todo o cortejo de acompanhantes jazia pelo caminho debatendo-se com a morte, até que não se manifestava mais nenhum sinal de vida e um monte de corpos circundava o caixão, como guerreiros corajosos estendem-se ao redor de sua bandeira quando arrasados pela supremacia inimiga. Então os mortos deixaram de ser conduzidos à igreja, ninguém mais queria levá-los, ninguém mais acompanhá-los; eram simplesmente deixados onde a morte os prostrava.

O desespero pairava por todo o vale. A raiva efervescia em todos os corações, jorrava em terríveis imprecações contra o pobre Cristiano; ele devia ser agora o culpado de tudo. De repente, todos agora sabiam que Cristiano não deveria ter abandonado a velha casa, não deveria ter deixado a criadagem entregue a si mesma. De repente, todos estavam sabendo que o mestre é, em grau maior ou menor, responsável pelos servos e criadas, que orações e refeições devem estar sob sua supervisão, que ele deve coibir condutas ímpias, discursos ímpios e profanações ímpias das dádivas de Deus. De repente, vaidade e soberba desapareceram do comportamento de todos; colocaram esses vícios no último dos infernos e sequer teriam acreditado em Deus se ele lhes dissesse que até poucos dias antes eles os ostentavam de maneira tão ignominiosa. Todos se mostravam novamente piedosos, vestiam-se da maneira mais humilde, tinham de novo em mãos os velhos rosários tão desprezados, convenciam a si mesmos de que nunca haviam deixado de ser piedosos e, se não logravam persuadir o próprio Deus, não era por falta de esforços de sua parte. Entre todos eles, somente Cristiano devia ser ímpio, e montanhas de maldições desabavam sobre ele de todos os lados. Contudo, entre todos talvez fosse ele a pessoa de melhor índole, mas sua vontade estava atada à vontade de sua mulher e sua mãe; de todo modo, esse estar atado constitui grave culpa para qualquer homem e não é possível eximir-se de sua plena responsabilidade apenas porque não se é o tipo de pessoa que Deus deseja. Também Cristiano percebia isso e, assim, não ostentava altivez, não se obstinava, mostrava-se ainda mais culpado do que de fato era; com isso, todavia, ele não reconciliava os outros, que viam nisso uma razão a mais para exclamar entre si, alto e bom som, quão grande deveria ser sua culpa já que colocava imenso peso sobre seus ombros, submetia-se a tanto e reconhecia, ele próprio, que não era digno de nada.

A aranha negra

Cristiano, porém, rezava dia e noite a Deus, pedindo-lhe que afastasse o mal; mas as coisas iam se tornando mais terríveis a cada dia. Ele compenetrou-se de que deveria reparar sua omissão, de que deveria sacrificar a própria vida, que agora lhe cabia o mesmo feito que realizara sua antepassada. Orou a Deus até que avultou fervorosamente em seu coração a decisão de salvar toda a região do vale, de expiar o mal, e a essa decisão se juntou a coragem persistente, que jamais vacila, sempre pronta a executar a mesma ação, seja de manhã, seja à noite.

Ele desceu então com seus filhos da nova casa para a antiga, talhou um novo botoque para o buraco, mandou consagrá-lo com água benta e sentenças sacras, colocou o martelo ao lado do botoque, sentou-se ao pé das camas das crianças e se pôs à espera da aranha. Ali ficou sentado, orando em vigília, lutando de ânimo firme com o pesado sono, sem jamais titubear. Mas a aranha não vinha, ainda que se apresentasse por toda parte; pois a mortandade crescia cada vez mais e cada vez mais selvagem se tornava a ira dos sobreviventes.

Em meio a todo esse tormento uma mulher intempestiva estava para dar à luz. As pessoas foram acometidas então pelo velho medo de que a aranha pudesse vir buscar a criancinha não batizada, o penhor de seu velho pacto. A mulher comportava-se de maneira desvairada, não tinha confiança em Deus, mas tão somente ódio e vingança no coração.

Sabia-se como os antigos haviam se protegido outrora do Verde nas vezes em que uma criança estava para nascer, sabia-se que o sacerdote era o escudo que interpunham entre si e o eterno inimigo. Também eles queriam mandar buscar o sacerdote, mas quem haveria de ser o mensageiro? Os mortos insepultos, que a aranha abatera durante os cortejos fúnebres, interditavam os caminhos, e será que o mensageiro incumbido de buscar o sacerdote escaparia, enveredando pelos agrestes montes, da aranha que parecia ter conhecimento de tudo? Todos se amedrontavam. Por fim o marido da mulher pensou consigo: se a aranha o queria, ela poderia pegá-lo em casa ou a céu aberto; se a morte lhe estava destinada, ele não escaparia aqui e não escaparia acolá.

Pôs-se a caminho; mas as horas iam passando e nenhum mensageiro retornava. Raiva e desolação recrudesciam assustadoramente, o nascimento aproximava-se cada vez mais. Em desespero e raiva, a mulher saltou do leito, precipitou-se na direção da casa de Cristiano, o mil vezes amaldiçoado, e este se encontrava orando junto a seus filhos, aguardando o momento da luta com a aranha. De longe ressoaram os brados da mulher, suas maldições trovejaram à porta de Cristiano muito antes que ela mesma a abrisse e introduzisse o trovão na casa. Ele sobressaltou-se quando a mulher irrompeu com tão apavorante fisionomia; ele não sabia se era Cristina em sua aparência primitiva. Alcançando a porta, no entanto, a dor tolheu-lhe a marcha, ela se contorceu toda no umbral, despejando sobre o pobre Cristiano a torrente de seus impropérios. Ele tinha de assumir a função de mensageiro, se não quisesse ser amaldiçoado com seus filhos e netos até o fim dos tempos. A dor sufocou então os seus insultos e dessa mulher tresloucada nasceu um filhinho na soleira de Cristiano, e os que a tinham seguido dispersaram-se para todos os lados, temendo a chegada do mais terrível. Cristiano tomou a criancinha inocente nos braços; selvagens e ferinos, os olhos da mulher salientaram-se em seu rosto desfigurado e o encararam venenosamente, e parecia-lhe cada vez mais que a aranha estava saindo desses olhos, que era a própria mulher.

Adveio-lhe então uma força divina e uma vontade sobre-humana agigantou-se em seu íntimo; lançou intenso olhar a seus filhos, agasalhou o recém-nascido em seu grosso casaco e, saltando por sobre a mulher que mantinha os olhos esbugalhados, foi descendo a montanha ao longo do vale, rumo a Sumiswald. Queria levar ele próprio a criancinha para o batismo sagrado, como expiação da culpa que pesava sobre si, o membro central da casa. Deixou o restante nas mãos de Deus. Cadáveres impediam sua marcha, ele tinha de calcular cuidadosamente seus passos. Entrementes foi alcançado por céleres pés, era o pobre menininho que se amedrontara na presença da mulher desvairada e, movido por impulso infantil, saíra ao encalço do mestre. Como uma farpa, atravessou o coração de Cristiano o pensamento de que seus filhos haviam ficado a sós com a mulher furibunda. Mas seus pés não se detiveram, prosseguiram no rumo da meta sagrada.

Ele já se encontrava lá embaixo no declive da igreja, tinha a capela diante dos olhos, e então uma onda de calor bafejou-lhe repentinamente no meio do caminho, algo se moveu nos arbustos; no caminho postava-se a aranha, nos arbustos tremulava em cores rubras um penacho, e a aranha eriçou-se toda, como que pronta para o bote. Em voz alta, Cristiano invocou então o Deus trinitário, do arbusto soou um grito selvático, e a pena vermelha desapareceu; ele depositou a criança nos braços do menininho e, recomendando seu espírito ao Senhor, agarrou com mão vigorosa a aranha que não saía do lugar, como que encantada pelas palavras sagradas. Uma torrente de lava derramou-se por seus ossos, mas ele mantinha o pulso cerrado; o caminho estava livre e o menininho abalou-se em busca do sacerdote, com todos os sentidos em alerta. Cristiano, porém, a forte mão envolta em chamas, apressou-se a passos céleres na direção de sua casa. Terrível era o incêndio que sentia na mão, o veneno da aranha penetrava em todos os membros. Seu sangue se transformava em lava. As forças ameaçavam entorpecer-se, a respiração, suster-se; mas ele continuava a rezar, mantinha Deus constantemente diante dos olhos, resistia em meio às chamas do inferno. Ele já divisava sua casa, com a dor crescia sua esperança, à porta encontrava-se a mulher. Quando esta o viu chegar sem a criança, precipitou-se sobre ele à semelhança de uma tigresa cujos filhotes são roubados, pois ela acreditava que se dera a mais ignominiosa traição. Não prestava atenção a seus sinais, não ouvia as palavras que saíam de seu peito estertorante, saltou sobre suas mãos estendidas, agarrou-se a elas; numa angústia de morte, ele teve de arrastar a desvairada para dentro de casa, ele tem agora de libertar seus braços antes que consiga forçar a aranha para dentro do velho buraco, encaixar o botoque com mãos desfalecentes. Ele o consegue, com auxílio divino. Lança o olhar moribundo sobre as crianças, elas estão sorrindo delicadamente no sono. Então cai um peso de seus ombros, uma mão superior parece extinguir as chamas e, rezando em voz alta, ele fecha os olhos para morrer. E os que chegaram, assustadiços e cautelosos, para ver o que ocorrera com a mulher, encontraram paz e alegria em seu rosto. Admirados, viram o buraco vedado, mas se depararam com a mulher já entregue à morte, consumida pelo fogo e toda desfigurada; as chamas da morte colheram-na agarrada à mão de Cristiano. As pessoas ainda estavam ali, sem saber o que de fato havia acontecido, quando o menininho retornou com o bebê, acompanhado do sacerdote, que sem demora batizou a criança segundo o costume da época. Municiado e cheio de coragem, ele queria enfrentar a mesma luta em que seu antecessor deixara vitorioso a vida. Contudo, Deus não exigia dele esse sacrifício, um outro já havia cumprido o combate.

Por muito tempo as pessoas não compreenderam a grandiosidade do feito consumado por Cristiano. Quando por fim tomaram consciência, sem mais nenhum resquício de dúvida, do que havia ocorrido, então oraram alegremente com o sacerdote, agradeceram a Deus pela nova vida que lhes era ofertada e pela força que ele concedera a Cristiano. Mas a este, mesmo na morte, suplicaram perdão pela injustiça cometida e decidiram sepultá-lo com as mais altas honrarias, e sua memória, como a de um santo, firmou-se gloriosamente em todas as almas.

As pessoas não souberam o que fazer ao verem que havia desaparecido aquele horror tão medonho, que estremecera todos os seus membros, e que podiam levantar de novo os olhos alegres para o céu azul, sem medo de que a aranha voltasse a rastejar sobre seus pés. Decidiram encomendar muitas missas e organizar uma grande procissão festiva à igreja; antes de tudo, porém, queriam enterrar ambos os corpos, o de Cristiano e o da mulher que o acossara; na sequência também os outros corpos deveriam, tanto quanto possível, encontrar um sepulcro.

Num dia solene todo o vale marchou para a igreja e havia também solenidade em mais de um coração; reconheceram-se não poucos pecados, prestaram-se não poucos juramentos, e desse dia em diante não se viu mais demasiada afetação nos rostos e nas vestimentas.

Após terem derramado muitas lágrimas na igreja e no cemitério, após terem feito muitas orações, os habitantes de toda a região do vale que estiveram presentes ao enterro — e presentes estiveram todos os que podiam dispor de suas pernas — foram à taverna para a tradicional refeição. Deu-se então que, como de costume, mulheres e crianças ocuparam uma mesa própria, mas os homens adultos, em seu conjunto, tomaram lugar na famosa mesa redonda que ainda hoje pode ser vista no "Urso" em Sumiswald.[54] Ela foi preservada como lembrança de que restaram outrora apenas duas dúzias de homens onde hoje vivem cerca de dois mil, como lembrança de que também a vida desses dois mil está nas mãos da-

---

[54] Uma réplica dessa histórica mesa redonda, onde teriam se sentado os sobreviventes da peste de 1434, encontra-se exposta no restaurante e hotel (taverna, no tempo de Gotthelf) "Bären", em Sumiswald. As partes de metal dessa mesa são supostamente originais.

quele que salvou as duas dúzias. Naquela ocasião, a ceia fúnebre não se estendeu por muito tempo; os corações estavam demasiado pesarosos para que se consumisse muita comida e bebida. Após terem saído da aldeia e chegado a um terreno mais elevado, viram um rubor no céu e, ao chegar, encontraram a nova casa inteiramente destruída pelo fogo; jamais se soube como isso aconteceu.

Todavia, o que Cristiano fizera por eles, disso ninguém se esqueceu, e a retribuição se deu por meio de seus filhos. Espírito religioso e senso prático lhes foram transmitidos nos lares mais pios; nenhuma mão surripiou algo de seus bens, embora jamais se visse qualquer prestação de contas. Bem administrada, a herança que lhes cabia não fez senão aumentar, e, quando chegaram à idade adulta, não haviam sido ludibriados em seus bens materiais e, muito menos, no tocante à bem-aventurança espiritual. Tornaram-se pessoas íntegras e piedosas, contempladas com a graça de Deus e a simpatia dos homens, tendo sido abençoadas na vida e, mais ainda, no céu. E desse modo prosseguiram as coisas na família, não se temia a aranha porque se tinha temor perante Deus; e, assim como foi, queira Deus que possa continuar, enquanto houver aqui uma casa, enquanto os filhos seguirem os pais em seus caminhos e em seus pensamentos.

Nesse ponto o avô calou-se e todos se calaram por largo tempo, alguns refletindo sobre o que haviam escutado, outros achando que ele tomava fôlego para prosseguir na narração.

Por fim disse o padrinho mais velho:

— Eu já estive sentado algumas vezes à mesa circular e ouvi falarem da mortandade e que depois dela todos os homens da comunidade reuniram-se ao seu redor. Mas como exatamente tudo se passou, isso ninguém pôde me dizer. Alguns afirmavam isso e outros aquilo. Mas, diga-me, onde você ficou sabendo de tudo isso?

— Ora — disse o avô —, entre nós isso foi passando de pai para filho e depois que as outras pessoas perderam a memória dessas coisas, a gente a conservou secretamente na família, com muito receio de deixar escapar algo dessa história. Somente no âmbito familiar se tocava nesse assunto, para que nenhum de seus membros se esquecesse do que constrói uma casa e do que destrói uma casa, do que traz as dádivas e do que afugenta as dádivas. Você acaba de ouvir de minha velha como ela se exaspera quando se fala abertamente nisso tudo. A mim, porém, parece ser tanto melhor quanto mais se falar a esse respeito, quanto mais se falar sobre quão longe soberba e vaidade podem levar os homens. Por isso eu não faço mais muito segredo dessas coisas e não é a primeira vez que as conto entre bons amigos. Sempre penso que aquilo que por tantos anos manteve nossa família em felicidade também não haverá de prejudicar os outros, e não é correto fazer segredo do que traz felicidade e a bênção de Deus.

— Você tem toda razão, primo — respondeu o padrinho —, mas uma coisa eu ainda gostaria de perguntar: será que a casa que você demoliu há sete anos é a antiga casa original? Eu mal poderia acreditar nisso.

— Não — disse o avô. — A antiga casa original já estava desmoronando quase trezentos anos atrás e havia muito que as dádivas que Deus nos dá nos campos e prados não encontravam mais espaço nela. E, contudo, a família não queria abandoná-la e também não podia construir uma nova; ninguém se esquecia do que se passara com aquela outra casa. A família caiu assim num grande dilema e por fim foi pedir conselho a um homem sábio, que deve ter vivido em Haslebach.[55] Ele terá respondido que se podia muito bem

---

[55] Haslebach é uma grande propriedade rural nas imediações de Sumiswald e também de Lützelflüh, onde Jeremias Gotthelf exerceu as funções de pastor até falecer, em 22 de outubro de 1854.

construir uma nova casa no mesmo terreno da antiga, mas não em outro lugar. Duas coisas, porém, eles teriam de preservar, a antiga madeira que guardava a aranha e a antiga mentalidade que aprisionou a aranha na velha madeira, desse modo a velha bênção estaria presente também na nova casa.

Construíram a nova casa e entalharam nela, com rezas e muito cuidado, a velha madeira; e a aranha não se mexeu, mentalidade e bênção não se alteraram.

Mas também a nova casa tornou-se, por seu turno, velha e pequena, sua madeira apodreceu corroída por cupins; somente essa ombreira aqui resistiu dura como ferro. Já meu pai deveria ter construído, ele conseguiu esquivar-se da tarefa e chegou minha vez. Após longa hesitação, tive a ousadia. Fiz como os que me precederam; entalhei a velha madeira na nova casa e a aranha permaneceu quieta. Mas quero confessar que em toda minha vida jamais orei com tanto fervor como naquela ocasião em que tive em mãos a fatídica madeira. Sentia a mão, o corpo todo queimar, tinha de verificar involuntariamente se não surgiam manchas negras na mão e no corpo, e foi como se caísse uma montanha de minha alma quando tudo encontrou por fim seu lugar. Mais firme ainda tornou-se então minha convicção de que nem eu, nem meus filhos e netos teríamos o que temer da aranha enquanto temêssemos a Deus.

Nesse momento o avô calou-se e, nem bem se havia dissipado o arrepio que lhes percorrera a espinha ao ouvir do avô que ele tivera a madeira em mãos, quando eles se puseram a pensar no que sentiriam se tivessem igualmente de segurá-la.

Finalmente disse o primo:

— É pena que não se saiba o que há de verdade nessas coisas. Não se vai querer acreditar em tudo e, no entanto, deve haver algo aí, do contrário a velha madeira não estaria neste lugar.

Não importa o que haja de verdadeiro na história toda, pode-se aprender muito com ela, atalhou o padrinho mais novo, e além do mais o tempo teria passado voando para eles; parecia-lhe que tinham acabado de chegar da igreja.

Eles não deveriam ficar falando muito, disse a avó, senão o seu velho começa a contar-lhes uma nova história; agora eles deveriam pensar também em comer e beber, é uma vergonha que ninguém esteja comendo e bebendo; não é possível que esteja tudo ruim, na cozinha fizeram o melhor possível.

Então se comeu bastante, se bebeu bastante, e entrementes foram se travando conversas bastante sensatas, até que a lua surgiu imensa e dourada no céu e as estrelas saíram de suas câmaras para advertir os homens de que já era hora de se recolherem a suas camarazinhas para dormir.

As pessoas bem que viram as misteriosas advertências dos astros, mas estavam tão aconchegadas ali que, quando pensavam na volta para casa, o coração se inquietava sob o lenço que traziam no peito; e ainda que nenhum dos convidados o dissesse, ninguém queria ser o primeiro a sair.[56]

---

[56] "Aconchegadas" corresponde no original a *heimelig*, que traz em si o substantivo *Heim*, casa, lar; logo em seguida Gotthelf emprega *unheimlich* ("o coração batia inquietantemente sob o lenço"), conotando por meio da partícula de privação *un* o sentimento oposto ao aconchego e à proteção proporcionados pelo lar, ou seja, uma sensação inquietante, sinistra, "não-familiar". Incrustada na casa (na ombreira da janela) e, assim, no seio do lar, a aranha negra irradia permanentemente o sentimento ameaçador do "inquietante", do "não-familiar", que a família neutraliza (mas jamais supera em definitivo) com orações e com sua mentalidade cristã.

Nesse sentido, também a novela de Gotthelf pode oferecer expressiva ilustração às considerações que Sigmund Freud desenvolve em seu ensaio "O inquietante" ("Das Unheimliche") à luz da narrativa de E. T. A. Hoffmann "O homem da areia".

Por fim a madrinha se levantou e, com o coração trêmulo, preparou-se para ir embora; não lhe faltaram, porém, acompanhantes decididos e, um ao lado do outro, o grupo todo deixou a hospitaleira casa com muitos agradecimentos e bons votos, a despeito dos pedidos a cada um em particular, e ao grupo como um todo, para ficar um pouco mais, pois ainda não estava escuro.

Logo tudo silenciou ao redor da casa, logo o silêncio penetrou também em seu interior. Lá estava ela mergulhada na paz, limpa e bela reluzia no vale banhado pelo luar; delicada e afetuosamente ela agasalhava em doce sono pessoas de valor, como dormem aqueles que trazem no peito o temor a Deus e bons pensamentos, que jamais serão despertados do sono pela aranha negra, mas sim pelo amável brilho do sol. Pois onde habita semelhante mentalidade a aranha não pode agir, nem de dia nem de noite. Mas o poder que lhe advém quando a mentalidade se altera, sabe-o aquele que tudo sabe e que distribui a cada ser suas forças, tanto às aranhas quanto aos homens.

Ilustração do artista suíço Fritz Walthard (1818-1870) para *A aranha negra* (1842), de Jeremias Gotthelf.

Metamorfoses do pacto demoníaco: erotismo e formas épicas na novela *A aranha negra*, de Gotthelf

Marcus Vinicius Mazzari

> "O Narrador é a figura na qual
> o Justo encontra a si mesmo."
>
> Walter Benjamin

Entre os admiradores do suíço Jeremias Gotthelf (pseudônimo de Albert Bitzius, 1797-1854), autor da novela que se apresenta nesta edição ao leitor brasileiro, está Thomas Mann. Ao reconstituir, no sexto capítulo da *Gênese do Doutor Fausto* (1949), os primeiros meses de trabalho em seu grande romance de velhice, Mann faz a seguinte observação: "Quando se ambiciona algo sério na narrativa, faz-se necessário conviver com a grande épica, como que para banhar nela as próprias forças: foi assim que li Jeremias Gotthelf, cuja *Aranha negra* admiro como praticamente nenhuma outra peça da literatura mundial".

Esse expediente de mergulhar os próprios recursos literários num manancial épico mais caudaloso havia sido empregado, conforme revela o depoimento autobiográfico *On Myself* (1949), durante a elaboração de seu primeiro romance, *Os Buddenbrook* (1901), mas o referencial era então a arte narrativa de Lev Tolstói: "lembro-me de ter lido especialmente *Guerra e paz* e *Anna Kariênina* a fim de haurir forças para uma tarefa da qual eu só poderia colocar-me à altura apoiando-me nos maiores nomes".

Posfácio do tradutor

É sem dúvida surpreendente que o septuagenário Thomas Mann tenha buscado num autor "menor" da literatura suíça apoio semelhante ao encontrado, meio século antes, num dos gigantes do romance mundial. Mas esse passo talvez possa ser melhor compreendido à luz do motivo central da história pela qual o relato de Mann exprime a mais vívida admiração: o pacto demoníaco, que no *Doutor Fausto* será associado de modo íntimo ao nacional-socialismo e à culpa do povo alemão. Além disso, a novela suíça já insere o pacto, como fará posteriormente o romance alemão, num contexto marcadamente erótico. Ele é selado em Gotthelf por um beijo do qual nascerão, num primeiro "parto", as incontáveis aranhinhas que dizimam todo o gado dos camponeses; depois, no segundo "parto" — metamorfose muito mais terrível do que a sofrida pela jovem Aracne, narrada por Ovídio no sexto livro das *Metamorfoses* —, ganha vida a própria aranha negra, que em seguida se abate sobre os habitantes do vale como devastadora peste. Em Thomas Mann é também uma carícia, recebida num bordel de Leipzig (capítulo XVI), que estabelece as bases do pacto e lança o herói Adrian Leverkühn na demanda fáustica: "E cumpre afirmar que Adrian retornou àquele lugar por causa de uma determinada pessoa, a mesma cuja carícia ardia em sua face, a 'morena' de jaqueta pequena e boca grande, a que dele se aproximara ao pé do piano e à qual ele dera o nome de Esmeralda". A contaminação sifilítica, pelo ato sexual, será então o sucedâneo (como o beijo em *A aranha negra*) das gotas de sangue com que tradicionalmente se assina o pacto.

Temos, contudo, suficientes razões para afirmar que o apreço do romancista de Lübeck pela novela de Gotthelf (autor que com frequência, segundo ainda a "Gênese do *Doutor Fausto*", roça o "homérico") não terá derivado exclusivamente do tratamento original dispensado ao velho motivo do pacto com o diabo. Trata-se afinal de uma narrativa primorosa também sob vários outros aspectos e que pode ser efetivamente colocada, conforme formula o crítico Benno von Wiese na reputada obra *A novela alemã de Goethe a Kafka*, "entre as maiores criações literárias em prosa redigidas em língua alemã".[1]

O que em primeiro lugar se poderia destacar em *A aranha negra* é a maestria com que Gotthelf soube realizar a articulação entre a moldura narrativa (o batizado da criança no "sublime feriado" da Ascensão) e as duas histórias que o avô faz remontar aos séculos XIII e XV. Essa técnica da molduragem ou enquadramento narrativo, que a língua alemã designa por *Rahmenerzählung* (*frame story*, em inglês; *récit-cadre*, em francês), é muito antiga na história da literatura, tem seu provável berço na tradição oriental[2] e foi empregada em coletâneas como *As mil e uma noites*, em cuja moldura

---

[1] O nono capítulo, dedicado à novela de Gotthelf, encontra-se no primeiro dos dois volumes dessa obra: *Die Deutsche Novelle von Goethe bis Kafka*, Düsseldorf, August Bagel, 1956 (pp. 176-95).

Dois anos antes da publicação da obra de Benno von Wiese, o importante crítico suíço Walter Muschg, numa "introdução" à obra narrativa de Jeremias Gotthelf, resumia as características que fazem de *A aranha negra* "uma das maiores novelas em língua alemã: o domínio do material narrativo, a força visionária na plasmação do tema da saga, a magnífica moldura com a apresentação do encontro festivo numa rica propriedade camponesa para comemorar o batizado, mostrando o Gotthelf 'homérico' no cume mais luminoso, o contraste entre os alegres acontecimentos da moldura e a sinistra saga da aranha, cuja segunda fuga é narrada em variação genial, por fim a conexão formal e temática dos dois eixos da ação" (Walter Muschg, *Jeremias Gotthelf, eine Einführung in seine Werke*, Berna, 1954. Texto reproduzido no volume com as novelas *Die schwarze Spinne* [*A aranha negra*], *Elsi, die seltsame Magd* [*Elsi, a estranha criada*] e *Kurt von Koppigen*, Zurique, Diogenes, 1978, citação à pp. ix-x).

[2] É o que afirma, por exemplo, Erich Auerbach: "A novela como narrativa com moldura veio do Oriente; na Idade Média a moldura tornou-se questão primordial, contendo as considerações filosóficas, a doutrina; a novela era suplemento ilustrativo, *exemplum*" (*A novela no início*

Sherazade, para manter-se indefinidamente viva, vai entretendo o rei noite após noite com suas narrativas, também nos *Contos de Canterbury*, de Geoffrey Chaucer, ou ainda no *Decamerão* de Boccaccio, em que sete moças e três rapazes fogem da Florença devastada pela peste e se refugiam por dez dias na propriedade campestre em que contam uns aos outros, para espantar o tédio, as cem *novelle* emolduradas. Na Alemanha contemporânea a Gotthelf, E. T. A. Hoffmann se valeu dessa mesma técnica na coletânea *Os irmãos Serafião* (1821), e também Goethe a colocara em prática nas *Conversações de emigrantes alemães* (1808), com sua moldura constituída pela fuga de um punhado de nobres alemães perante o exército revolucionário francês e seis histórias internas, contadas durante a caminhada.

Raras vezes, porém, a integração entre os dois âmbitos narrativos se realizou de maneira tão primorosa como em *A aranha negra*, em que o motivo do batizado, estando no centro dos acontecimentos que o narrador em terceira pessoa localiza por volta de 1840, é o mesmo que dinamiza as duas histórias apresentadas pelo avô, que tratam de lutas colossais para impedir ao diabo apoderar-se de uma criança ainda não batizada, que lhe fora prometida pelo pacto selado com o beijo. A monstruosa aranha que se origina desse beijo deflagra então na região do Emmental uma ciranda apocalíptica, espécie de *danse macabre*[3] em que milhares de vidas são cei-

---

do Renascimento, São Paulo, Cosac Naify, 2013, tradução de Tercio Redondo, citação à p. 21).

[3] A respeito do surgimento da "dança macabra" na Idade Média, ver as explanações do historiador holandês Johan Huizinga no capítulo "A imagem da morte", em *O outono da Idade Média*, São Paulo, Cosac Naify, 2010, tradução de Francis Petra Janssen — sobre a *danse macabre*, pp. 231-43).

Numa série de xilogravuras criadas em 1526 e publicadas em Basel em 1538, Hans Holbein, o Jovem, mostra que a peste, ao executar sua

Hans Holbein, o Jovem, "O Rei", "O Pastor",
"O Cavaleiro" e "O Velho", da série de 41 xilogravuras
intitulada *Dança macabra*, de 1526.

fadas até que ela seja definitivamente aprisionada na ombreira que os convidados contemplam amedrontados numa das janelas da casa em que se comemora o batizado. A integração entre o presente idílico, ambientado no *locus amoenus* de uma abastada propriedade rural, e as pavorosas mortandades que grassaram na Idade Média se dá, portanto, também por meio da antiquíssima ombreira, espécie de "símbolo concreto", ou "coisa-símbolo" (*Dingsymbol*), que para a teoria da novela na tradição alemã representa uma característica fundamental desse gênero épico.[4]

Também Benno von Wiese, no mencionado estudo sobre *A aranha negra*, vislumbra na ombreira o símbolo que concentra em si, novelisticamente perspectivados, o significado mítico-atemporal da aranha e o significado histórico-cultural da casa, ao mesmo tempo que reforça o entrelaçamento entre a moldura narrativa e as histórias emolduradas. Proveniente de remoto passado, a madeira escura que se destaca na janela da casa encerraria assim, para von Wiese, não uma

---

dança macabra, não conhece classes ou qualquer outra distinção social, ceifando tanto a vida de reis como de mendigos.

[4] Na tradição alemã vigora a tendência, desde o século XIX, em definir o gênero "novela" a partir de técnicas de integração como "motivo condutor" (*Leitmotiv*) e "coisa-símbolo" (*Dingsymbol*), ao lado da frequente inserção da história principal numa moldura narrativa.

Em seu prefácio à antologia em 24 volumes *Deutscher Novellenschatz* [*Tesouro da novelística alemã*], que publicou de 1871 a 1875 em parceria com Hermann Kurz, Paul Heyse (1830-1914) vislumbra em toda autêntica novela — apoiando-se na história de Federigo degli Alberighi, narrada por Boccaccio na quinta jornada do *Decamerão* — a presença de um "falcão", símbolo concreto que confere à história narrada uma "silhueta" inconfundível e a torna inesquecível para o leitor.

Vale lembrar também que Goethe, procurando traçar uma distinção entre o gênero "novela" e uma simples narrativa, esboçou a seguinte definição numa conversa com Eckermann (25/1/1827): "pois que outra coisa é a novela senão um acontecido inaudito?".

superstição, mas antes uma recordação primordial a ser preservada de geração a geração, a fim de que a "antiga mentalidade", responsável pelo encapsulamento e neutralização da mítica aranha, permaneça sempre viva.

Idílio

Mas se nessa perspectiva crítica *A aranha negra* insere-se, em sua estrutura geral, no âmbito do gênero "novela", ela também compreende em si, graças à força de integração própria desse gênero, características e tendências de outras modalidades literárias, começando com a que logo se instala na moldura narrativa. Trata-se do "idílio" que, remontando à bucólica da Antiguidade (Teócrito, Virgílio), experimentou um *revival* no período da literatura em língua alemã conhecido como *Biedermeier*, em que críticos e historiadores costumam situar a obra ficcional de Jeremias Gotthelf.[5] Estendendo-se aproximadamente de 1815 até as revoluções de 1848, o *Biedermeier* coincide em grande parte com a Restauração arquitetada pelo chanceler austríaco Metternich e dominada por uma ideologia conservadora.

Aparentemente o idílio, empenhado em restaurar a unidade perdida entre "natureza" e "espírito" e, desse modo, retratar uma vida comunitária mergulhada em harmonia e

---

[5] O termo *Biedermeier* aglutina os nomes Biedermann e Bummelmeier, tipos de filisteus criados em 1848 pelo escritor Victor von Scheffel. Em 1855 Ludwig Eichrodt e Adolf Kußmaul criam o pequeno-burguês probo e limitado Gottlieb Biedermeier, que começa a figurar em poemas satíricos e paródicos.

Transposta retrospectivamente para a história da literatura (e também da pintura), a expressão *Biedermeier* passou a designar um estilo que se caracteriza pela proposta de recolhimento à esfera privada e idílica da vida burguesa.

paz, estaria em plena consonância com os valores dessa era subsequente às convulsões da Revolução Francesa e das guerras napoleônicas. No campo teórico, Friedrich Schiller dedicara ao idílio, em seu tratado *Sobre a poesia ingênua e sentimental* (1795), uma posição especial, pois se em sua origem o poeta idílico está intimamente associado ao "ingênuo", já que ele *é*, e não *aspira* a ser natureza, o esforço de poetas posteriores em restituir uma idade de ouro irremediavelmente perdida ("todos os povos que têm uma história", assinala Schiller, "possuem um paraíso, um estado de inocência, uma época de ouro") os lança no polo "sentimental", ao lado do poeta satírico e do elegíaco. Schiller também exortara os idílicos de seu tempo (e os vindouros, como Gotthelf), impedidos para sempre de retornar às origens, a marcharem resolutos na direção de um Ideal futuro: "Que se imponha como tarefa um idílio que realize a inocência bucólica mesmo nos indivíduos de cultura e mesmo em meio a todas as mais vigorosas e ardentes condições de vida, ao pensar mais amplo, à arte mais refinada, ao refinamento social mais elevado: numa palavra, um idílio que conduza ao *Elísio* o homem que já não pode retornar à *Arcádia*".[6] Essas palavras parecem aconselhar o poeta voltado ao Ideal mais puro e elevado a não se deixar tolher pelas adversidades do presente, recomendando-lhe também renunciar a estocadas críticas ou satíricas. À primeira vista é o que parece acontecer na moldura narrativa de *A aranha negra*, mas será que sub-repticiamente Gotthelf não transgrediu essa prescrição ao pintar com tanta largue-

---

[6] Na edição brasileira a citação se encontra à página 87 (Friedrich Schiller, *Poesia ingênua e sentimental*, São Paulo, Iluminuras, 1991, tradução de Márcio Suzuki). Na literatura em língua alemã o idílio alcança seu apogeu no século XVIII, com Salomon Gessner (*Idílios*, 1756), Goethe (*Hermann e Dorothea*, 1797) e Johann Heinrich Voß (*Luise*, 1795), entre outros.

za, em múltiplos detalhes, a abastança, harmonia e solidez da família camponesa que ganha um novo membro? Os excessos gastronômicos, já beirando o pantagruelismo, as superstições, como a da madrinha em relação ao nome do batizando, as tentativas alcoviteiras de aproximar a bela madrinha e o jovem padrinho assim como as demais superficialidades que se sobrepõem à dignidade do "sublime feriado [...] em que o filho retornava ao pai" — tudo isso talvez possa ser entendido como advertência — como uma sutil "jeremiada" — do narrador a seus leitores no sentido de jamais se descurarem do perigo de afastar-se, como ocorre nas histórias emolduradas com consequências catastróficas, da "mentalidade" que venceu a malignidade da aranha e a mantém aprisionada na ombreira.

Mas além desse idílio, porventura pontilhado de sugestões críticas, podemos desentranhar da novela de Gotthelf pelo menos três outras modalidades literárias breves — ou "formas simples", para empregar a expressão cunhada por André Jolles em seu clássico estudo de 1930 sobre nove formas épicas primordiais: lenda, saga, mito, adivinha, ditado, caso, memorável, conto maravilhoso, chiste.

Saga

O próprio Gotthelf deu mostras de ter concebido *A aranha negra* como saga, uma vez que a inseriu no volume, publicado em 1842, *Bilder und Sagen aus der Schweiz* [*Quadros e sagas da Suíça*]. Mas como entender propriamente essa forma narrativa que adquiriu configuração específica na tradição islandesa, com as *Íslendinga Sögur*? No extenso verbete que o dicionário dos irmãos Grimm (*Deutsches Wörterbuch*) consagra à palavra *Sage* lê-se, entre outras definições: "Notícia, relato de coisas passadas, especialmente daquelas se situam num passado remoto e que se transmitem de geração a geração". E, algumas linhas abaixo: "Com a força crescente da crítica desenvolve-se o moderno conceito de saga como notícia de acontecimentos do passado, a qual prescinde de comprovação histórica". Também André Jolles, no capítulo das *Formas simples* dedicado à *Sage*, trabalha com essa concepção de narrativa breve, de caráter popular e anônimo, que transmite oralmente, de geração a geração, acontecimentos que não podem ser empiricamente comprovados. Ao contrário, porém, dos irmãos Grimm — que coletaram na Alemanha não apenas contos maravilhosos (*Märchen*), mas também sagas —, Jolles evita conceituar esse gênero a partir de uma comparação com a empiria histórica. Em vez disso, o crítico holandês-alemão concebe três termos-chave para entender a "disposição mental" (*Geistesbeschäftigung*) que seria característica da saga em suas origens: clã, vínculos de sangue e família. Mas esta última parece abarcar em si os dois anteriores e, por isso, lemos ainda nesse capítulo das *Formas simples* que "nos países nórdicos, a saga não cessou de constituir-se a partir da disposição mental de família".[7]

Em *A aranha negra* não seria difícil reconhecer que alguns de seus traços fundamentais se cristalizam justamente em torno da ideia de clã familiar, de mentalidade de família, como explicitado pelo próprio avô ao término da narrativa — é verdade que agora não mais num contexto pagão, como

---

[7] Sigo a tradução brasileira de Álvaro Cabral, procedendo, porém, a pequenas alterações (André Jolles, *Formas simples*, São Paulo, Cultrix, 1976, citação à p. 80). É importante ressaltar que a língua alemã — ao contrário do português, inglês etc. — faz uma diferenciação entre *Saga*, que traduz o substantivo islandês *saga* (plural *sögur*) e se refere às narrativas típicas dessa tradição nórdica que viceja entre os séculos XII e XIV, e *Sage*, que constitui a "forma simples" estudada por Jolles (embora traçando vários paralelos com as sagas islandesas).

Casas típicas da região do Emmental, no cantão de Berna, na Suíça.
Desenhos a nanquim de Werner Eichenberger
(Centro Gotthelf, Lützelflüh).

se verifica na tradição nórdica da saga, mas inteiramente cristão: "Duas coisas, porém, eles teriam de preservar: a antiga madeira que guardava a aranha e a antiga mentalidade que aprisionou a aranha na velha madeira, desse modo a velha bênção estaria presente também na nova casa". Pode-se sustentar assim que, ao recuar ao feudalismo medieval para pôr em marcha a narração de acontecimentos que se deram no mesmo espaço em que o batizado é celebrado no presente da narrativa, o avô passa a desfiar a saga de sua família, que duzentos anos mais tarde (meados do século XV), evadindo-se a aranha de seu cativeiro, vivencia outro momento de alta dramaticidade.

É sem dúvida coerente e natural que a história de uma família camponesa ancestralmente enraizada numa determinada região, como o Emmental de Gotthelf, mostre-se associada a uma casa de maneira íntima. Em *A aranha negra* a casa ampla e hospitaleira em que tem lugar o almoço da moldura narrativa representa uma parte inextricável da saga narrada, chegando quase a avultar-se como protagonista. É verdade que não se trata mais da construção em que no século XIII uma mãe sacrificou a própria vida para salvar seus dois filhos e pôr termo à pestilência que assolava o vale. No entanto, a atual casa — que a descrição apresenta como típica dessa região de montanhas e vales cortada pelo rio Emme — foi construída no mesmo lugar da antiga; além disso, numa de suas janelas incrusta-se ainda a mesmíssima viga em que a jovem mãe aprisionara a aranha, logrando um feito que seria repetido duzentos anos mais tarde.

Mito

Acontece, porém, que o avô-narrador entretece a saga familiar não apenas com a história da casa e do espaço em que ela se levanta, mas também com o poderio sobrenatural e supratemporal atribuído à aranha negra. Consequentemente sua narrativa adentra também a difusa, sombria esfera do mito. Sabe-se que é tarefa das mais complexas tentar elucidar o que seja o mito, pois seu estudo envolve, além da teoria literária, várias outras disciplinas: antropologia, etnologia, filosofia, psicanálise, psicologia, religião etc. Especificamente em relação à novela de Gotthelf podemos, contudo, destacar dois aspectos do mito. De proporções verdadeiramente míticas — podendo até mesmo despertar a lembrança da Esfinge derrotada por Édipo ou das pragas do Egito — é o monstro que nasce de um beijo do diabo para desencadear dois períodos de cataclismo nos arredores de Sumiswald. Desse modo, a aranha negra é miticamente alçada a emblema do mal ou, conforme postula o crítico suíço Walter Muschg, "de toda catástrofe imaginável, sobretudo de todo flagelo espiritual". E aqui não teríamos porventura outro elemento para entender a admiração do velho Thomas Mann por essa novela que tematiza a culpa de toda uma aldeia?[8] Trata-se afinal da possibilidade de atualizar as histórias narradas pelo avô à luz da catástrofe nacional-socialista, que no *Doutor Fausto*, como apontado no início deste posfácio, também aparece associada a um pacto demoníaco e à culpa de todo um povo.

Mas uma outra modalidade do mito consiste em fornecer explicação a eventos cósmicos e históricos, costumes e

---

[8] No ensaio "Was bleibt nach den Mythen?" ["O que permanece depois dos mitos?"], o crítico Peter von Matt observa que, com *A aranha negra*, inicia-se na literatura suíça "uma tradição de análise implacável do comportamento coletivo equivocado" (em *Schweiz schreiben: Zu Konstruktion und Dekonstruktion des Mythos Schweiz in der Gegenwartsliteratur* [*Escrever a Suíça: construção e desconstrução do mito Suíça na literatura contemporânea*], organização de J. Barkhoff e V. Heffernan, Tübingen, Niemeyer, 2010, pp. 31-44).

rituais religiosos ou ainda a fenômenos naturais e de outras ordens. Sobre essa modalidade observa André Jolles em suas *Formas simples*: "Quando o mundo se cria assim para o homem, por *pergunta* e *resposta*, tem lugar a Forma que queremos chamar de Mito". Por exemplo, o ser humano diante do universo, perguntando-se a respeito do sol e da lua, de sua gênese, funcionamento etc., e elaborando respostas do tipo: "Deus disse: 'Que haja luzeiros no firmamento do céu para separar o dia e a noite; que eles sirvam de sinais, tanto para as festas quanto para os dias e os anos; que sejam luzeiros no firmamento do céu para iluminar a terra' e assim se fez. Deus fez os dois luzeiros maiores: o grande luzeiro para governar o dia e o pequeno luzeiro para governar a noite e as estrelas".

O mito ingressa nessa passagem do Gênesis (1: 14-23) na imensidão cosmogônica, mas ele pode referir-se também a fenômenos mais limitados. Na novela de Gotthelf os cadáveres que se acumulam nas duas histórias emolduradas trazem todos o sinal da "morte negra", conforme explicitado pelo próprio avô-narrador; nesse sentido nos é oferecida uma explicação *mítica* para epidemias que dizimaram as populações europeias, inclusive a suíça, na Idade Média e que, diz-nos hoje a explicação *científica*, nada têm a ver com aranhas, mas antes com a bactéria *Yersinia pestis*, transmitida sobretudo por pulgas hospedadas em ratos. Além disso, a mortandade da segunda história, ainda mais intensa do que a primeira (embora narrada de modo mais sintético), é situada por volta de 1434, o que a faz coincidir com a última pandemia de peste negra registrada no Emmental.

Legenda

Quando a notícia do flagelo causado pela aranha negra chega ao castelo do comendador von Stoffeln, um jovem e intrépido cavaleiro, "que agia como um pagão e não temia nem a Deus nem ao diabo", monta em seu corcel, mune-se da lança e desce ao vale determinado a esmagá-la. Antes, porém, pergunta escarninhamente aos demais cavaleiros "o que fariam diante de um dragão, já que tinham tanto medo de uma aranha". O leitor tem nessas palavras uma alusão a São Jorge, soldado do imperador Diocleciano nos primeiros tempos do Cristianismo (final do século III) que, recusando-se a abjurar da nova fé, acaba sofrendo o martírio e cujo feito mais célebre teria sido o aniquilamento do dragão que assolava uma cidade da Líbia (Cirene, segundo certas fontes). A intenção de emular a façanha do santo guerreiro parece lançar o cavaleiro teutônico na trilha da *Imitatio*, que para André Jolles seria a palavra-chave na disposição mental típica da legenda hagiográfica (mas também de legendas modernas, como as esportivas): assim como os santos e santas constituem exemplos a serem imitados, suas vidas foram por sua vez norteadas pelo ideal da imitação de Cristo, em especial de seu martírio. O cavaleiro, todavia, não terá êxito em seu intento, pois se deixa guiar exclusivamente por uma mentalidade pagã e, pouco depois, seu cadáver será encontrado no sopé de um penedo, com o elmo e o cérebro perfurados pelo "mais horroroso dos incêndios". Êxito na luta contra a aranha-dragão terão apenas as personagens que se inserem na legítima estirpe dos imitadores de Cristo e que doam suas vidas em sacrifício: o sacerdote que, após ter-se antecipado ao maligno e batizado o primeiro recém-nascido, também logra — tomado por "sagrado ímpeto guerreiro" em sua última missão — arrebatar-lhe uma outra criança; depois a mãe que sacrifica a própria vida para pôr termo à primeira epidemia da "morte negra"; por fim, Cristiano, em cuja trajetória podemos reconhecer estações de uma modalidade de legenda hagiográfica que tem seu início na pecaminosidade, seja ela passiva ou ativa, e que, em nossa literatura, Guimarães Rosa atualizou magistralmente em dimensão profana na derradeira narrativa de *Sagarana*, "A hora e vez de Augusto Matraga".

Com efeito, o pecado de Cristiano reside antes na passividade que demonstra perante a soberba e a vaidade de duas mulheres ("sua vontade estava atada à vontade de sua mulher e sua mãe [...] esse estar atado constitui grave culpa para qualquer homem") e, nesse sentido, não se compara às arrematadas maldades perpetradas por Matraga antes da "conversão" ou, ainda, à pecaminosidade extrema de São Julião ou de São Gregório, para mencionar apenas esses dois heróis de legendas retomadas por Gustave Flaubert (*A legenda de São Julião, o hospitaleiro*, 1877) e Thomas Mann (*O eleito*, 1951).

Num extraordinário estudo sobre a presença da Bíblia, sobretudo em sua dimensão linguística, na novela de Gotthelf, Albrecht Schöne destaca na segunda história emoldurada, que gira em torno de Cristiano, estações que se orientam pelo modelo da legenda.[9] Ao comportamento omisso e pecaminoso de Cristiano segue-se a experiência da conversão: "Soube então o que havia acontecido, levou as mãos à cabeça, e se nesse momento a terra o tivesse engolido, isso teria lhe parecido justo". Advêm então a conscientização da culpa e o arrependimento, com Cristiano mostrando-se "ainda mais culpado do que de fato era". A etapa da exclusão da comunidade estaria representada na decisão de mudar-se "da nova casa para a antiga". Apartado de todos e estigmatizado, ele atravessa um período de rigorosa ascese, rezando "dia e noite a Deus, pedindo-lhe que afastasse o mal". Em seu íntimo firma-se então a determinação de dar sua vida em sacri-

---

[9] "Didaktische Verweisung: Jeremias Gotthelf" ["Remissão didática: Jeremias Gotthelf"], em *Säkularisation als sprachbildende Kraft* [*Secularização como força constitutiva da linguagem*], Göttingen, Vandenhoeck & Ruprecht, 1958.

fício reconciliador e redentor: "Ele compenetrou-se de que deveria reparar sua omissão, de que deveria sacrificar a própria vida [...] Orou a Deus até que avultou fervorosamente em seu coração a decisão de salvar toda a região do vale, de expiar o mal, e a essa decisão se juntou a coragem persistente, que jamais vacila, sempre pronta a executar a mesma ação, seja de manhã, seja à noite". E temos, por fim, as duas experiências cruciais numa legenda hagiográfica, o *martírio* ("Terrível era o incêndio que sentia na mão, o veneno da aranha penetrava em todos os membros. Seu sangue se transformava em lava. As forças ameaçavam entorpecer-se, a respiração, suster-se") e a *morte gloriosa* ("Então cai um peso de seus ombros, uma mão superior parece extinguir as chamas e, rezando em voz alta, ele fecha os olhos para morrer"). Consequentemente Cristiano é sepultado com todas as honras e o avô nos conta ainda que "sua memória, como a de um santo, firmou-se gloriosamente em todas as almas".

A intenção de Gotthelf de colocar essa personagem na tradição da *Imitatio* transparece já no nome que lhe foi atribuído, como se sabe derivado do latim *christianus*, cristão. Mas como se explica que dois séculos antes sua antípoda, que faz o pacto e expõe todo o vale à ação do maligno, chame-se justamente Cristina? Sem raízes na comunidade de Sumiswald, a alemã Cristina insere-se na linhagem, não de um verdadeiro santo ou santa (como Justina, que Calderón de la Barca converte em heroína de seu drama O *mágico prodigioso*), mas daqueles antissantos que têm seu patrono, na perspectiva de Jolles, na figura do opositor do santo mais elevado e o *imitabile* por excelência, isto é, na figura do Anti-Cristo. A soberba dessa mulher coloca-a numa posição da qual nenhum membro da comunidade ousa aproximar-se e, assim como seu nome constitui uma usurpação do nome de Cristo, ela também se arvora através do pacto demoníaco em sua grande desafiadora. Em torno de Cristina se cristalizaria desse modo uma *anti-legenda*, a cuja luz André Jolles enxerga também a trajetória do célebre erudito medieval-renascentista que, em insaciável sede de conhecimento, afasta-se dos valores cristãos para celebrar o pacto com o diabo: o doutor Fausto.[10] Com essa indômita alemã Gotthelf criou uma das raras pactárias da literatura mundial, já que esse "ato que só raro mas raro um homem acha o querer para executar", conforme se exprime Riobaldo no *Grande sertão: veredas*, constitui tradicionalmente uma façanha masculina, como atestam os pactários medievais que terminam suas vidas como santos (Teófilo, Basílio ou Cipriano, que no já citado *Mágico prodigioso* sofre com Justina a morte gloriosa), os protagonistas dos dramas de Marlowe (*A trágica história do doutor Fausto*) e Goethe ou ainda o Adrian Leverkühn de Thomas Mann, entre outros.

Mas a figura de Cristina também pode nos conduzir a uma outra dimensão da novela de Gotthelf, cuja participação intensa, ao longo de toda a vida adulta, nas disputas políticas em seu país permite entender a decisão do pastor Albert Bitzius de buscar um de seus pseudônimos literários no profeta Jeremias.[11] No caso particular de *A aranha negra*, sua

---

[10] Para Jolles, a postura dos eruditos e humanistas que, em insaciável sede de conhecimentos e soberba intelectual, buscaram explorar todos os domínios da natureza e assim se afastaram dos mandamentos divinos, teria tomado forma na figura do doutor Fausto e se atualizado num gesto verbal: "a aliança, o pacto com o diabo". Fausto se converteu assim "em antissanto, em portador de desgraças e cujos ducados mágicos se transformam em lixo; ele realiza outros contramilagres, dezenas de pessoas o viram, conversaram com ele e, por fim, ele não morre como os outros homens, mas é o próprio diabo que vem buscá-lo" (p. 52).

[11] Sobre a dimensão política dos escritos de Jeremias, ver o ensaio de Otto Maria Carpeaux, "Jeremias", em *Ensaios reunidos, 1946-1971*, vol. 2, Rio de Janeiro, Topbooks/UniverCidade, 2005, pp. 279-82.

gênese coincide com o engajamento do autor no movimento de resistência a tendências políticas designadas na Suíça como "radicais" e que tinham importante apoio em intelectuais oriundos da Alemanha.[12] Por essa época, metade do corpo docente da Universidade de Berna se constituía de professores alemães, muitos deles ligados à chamada "esquerda hegeliana", que atingiria um de seus cumes no materialismo antropológico de Ludwig Feuerbach (1804-1872), com sua concepção de Deus, ou da ideia de Deus, enquanto projeção antropomorfizada da essência humana, conforme a divisa *Homo homini deus est*, o homem é o deus do homem. Contudo, o alvo mais concreto e próximo da polêmica de Gotthelf não foi Feuerbach e sim David Friedrich Strauss (1808-1874), cuja obra *Vida de Jesus, criticamente examinada* (1836) rejeitava a historicidade das principais estações dessa existência e remetia o postulado de sua divindade à esfera do mito. Não só na Alemanha, mas também na Suíça a *Vida de Jesus* havia suscitado acaloradas discussões nos meios teológicos, filosóficos e políticos, e a designação de Strauss para uma cátedra na Universidade de Zurique, em fevereiro de 1839, deflagrou violenta onda de protestos, que logo engolfaram outros cantões suíços, incluindo-se o de Berna. Gotthelf atribuía a esse hegelianismo de esquerda uma espécie de *hybris* cujas consequências o avô-narrador pro-

---

[12] Uma análise minuciosa do contexto político, teológico e social em que surge a novela de Gotthelf é empreendida por Christian von Zimmermann no ensaio "Der Teufel der Unfreien und die der Freien: Gotthelfs paränetische Erzählung *Die schwarze Spinne* (1842) im Kontext eines christlichen Republikanismus" ["O demônio dos não-livres e os demônios dos livres: a narrativa parenética de Gotthelf *A aranha negra* (1842) no contexto de um republicanismo cristão"], em *Jeremias Gotthelf, der Querdenker und Zeitkritiker* [*Jeremias Gotthelf, o pensador incômodo e crítico do tempo*], organização de Barbara Mahlmann-Bauer, Christian von Zimmermann e Sara Margarita Zwahlen, Berna, Peter Lang, 2006.

cura ilustrar nas duas histórias emolduradas. Nessa chave, a conduta de Cristina parece corresponder ao ideal — concebido não apenas por Feuerbach e Strauss, mas também pelo jovem Marx e ainda outros nomes, como Bruno Bauer e Max Stirner — de um ser humano pretensamente autônomo e consciente de sua condição, que pode colocar-se, enquanto artífice da história e do próprio destino, no lugar da projeção alienada de sua essência, isto é, no lugar de Deus. Das concepções filosóficas desses pensadores surge um fenômeno enfaticamente combatido por Gotthelf enquanto narrador, pastor e como político comprometido com um republicanismo cristão: o "autoendeusamento" (*Selbstvergottung*), expressão que se difundiu bastante por essa época.[13] E não é apenas a soberba pactária Cristina, que como David Friedrich Strauss se muda da Alemanha para a Suíça, que porta em si traços desse "autoendeusamento", mas também o comendador teutônico Hans von Stoffeln, que profere suas ordens numa dicção que pode ser associada a certas manifestações iradas do Iahweh bíblico, por exemplo: "No prazo de um mês vocês têm de me plantar uma [aleia], vocês têm de retirar cem faias frondosas da montanha Münne, com raízes e galhos, e plantá-las na colina Bärhegen, e se faltar uma única faia, vocês me pagarão com sangue e bens".[14]

---

[13] Também Heinrich Heine, que em Paris teve estreito contato com o jovem Marx e outros hegelianos de esquerda, atribui-lhes esse "autoendeusamento" no prefácio de 1852 ao segundo volume da série *Salon* (que ele cria em 1834 para publicar escritos esparsos): Heine relaciona a história do rei Nabucodonosor — que teria se proclamado deus, conforme narrado no livro de Daniel, e mandado erigir uma estátua de si para ser adorada — a "[Arnold] Ruge e ao meu amigo ainda mais obstinado Marx, esses autoproclamados deuses sem Deus" (ou "ateus": *gottlose Selbstgötter*).

[14] Em seu estudo "Remissão didática", Albrecht Schöne faz uma comparação minuciosa entre o ritmo e a estrutura sintática das ordens e

A todos os grandes narradores, observa Walter Benjamin em seu antológico ensaio de 1936 "O narrador", "é comum a leveza com que se movimentam acima e abaixo pelos degraus de suas experiências, como por uma escada". E tão variados quanto esses degraus são os conceitos em que o acervo de suas narrativas toma forma: em Johann Peter Hebel seria a perspectiva pedagógica do Iluminismo, com Edgar Allan Poe manifestar-se-ia a tradição hermética e, mais tardiamente, Rudyard Kipling teria encontrado "um último asilo no espaço vital dos marinheiros e soldados coloniais britânicos". Já o russo Nikolai Leskov, cujas narrativas constituem a grande referência das considerações benjaminianas, se movimentaria antes no âmbito da experiência religiosa, semelhante nesse aspecto — podemos acrescentar — a Jeremias Gotthelf e, por que não?, ao nosso Guimarães Rosa em momentos importantes de sua obra narrativa.

Poucas produções ficcionais estarão de fato tão profundamente entranhadas na Bíblia como a de Gotthelf, coisa que *A aranha negra* pode ilustrar sobejamente. Mas essa obra também se enraíza, de maneira não menos profunda, no mundo camponês de sua região natal, conforme atesta mais uma vez a novela — ou, ainda com mais força, seus grandes romances, começando com o de estreia, *O espelho-camponês*, passando pelos *Bildungsromane* (romances de formação) camponeses *Uli, o criado* e *Uli, o arrendatário*, ou ainda *Dinheiro e espírito* e chegando até o último, *Espírito do tempo e espírito de Berna*, em que os tradicionais valores comunitários sofrem a pressão intensificada do poder econômico, justamente do novo "espírito do tempo", que Walter

---

ameaças proferidas pelo comendador von Stoffeln a seus vassalos e certas manifestações de Iahweh (na tradução de Lutero) no Deuteronômio (28: 15; 28: 30-32) e no Êxodo, como as mensagens ao povo de Israel que Moisés recebe nos capítulos 34 e 40.

Muschg interpreta como "forma moderna do pactuar com o demônio".

Nas origens da arte narrativa, segundo a tipologia delineada por Walter Benjamin em seu ensaio, estariam a figura do agricultor sedentário e, no polo oposto, a do marinheiro mercante. Estes dois tipos básicos e ancestrais teriam então se imbricado, durante a Idade Média, na esfera artesanal, com o aprendiz volante acabando por converter-se, ao término de seus anos de aprendizagem e peregrinação, no mestre-artesão que se enraíza na localidade de sua oficina. Gotthelf é citado por Walter Benjamin, ao lado do também pastor Johann Peter Hebel, como representante, "entre os mais recentes narradores alemães", do grupo constituído em torno do agricultor. De fato, Gotthelf passou a maior parte de sua vida na comuna de Lützelflüh, desempenhando funções pastorais até sua morte em 22 de outubro de 1854.[15] Antes, porém, de fincar raízes nessa região, realizou extensas viagens pela Alemanha: frequentou por um ano o curso de teologia em Göttingen e, em seguida, passou a percorrer várias cidades, como Berlim, Dresden, Munique e a Weimar dos clássicos Goethe e Schiller.

Estreou na ficção, ainda com o nome verdadeiro de Albert Bitzius, com *O espelho-camponês* (1837), após ter dedicado diversos escritos a problemas sociais, como alcoolismo, exploração do trabalho infantil e a outros fenômenos ligados ao pauperismo (em 1840 retorna a essa mazela com o panfleto *Die Armennoth* [*A necessidade dos pobres*]). Essas estações de sua biografia — viagens na juventude antes de criar raízes numa região, textos sobre questões sociais e práticas

---

[15] A relação de Gotthelf com as tradições populares de seu país é estudada por Barbara Mahlmann-Bauer em "Gotthelf als 'Volksschriftsteller'" ["Gotthelf como 'escritor popular'"], texto que integra o volume *Jeremias Gotthelf, der Querdenker und Zeitkritiker* (ver nota 12).

— aproximam-no não só de Nikolai Leskov, mas também de vários outros narradores da literatura mundial. O próprio Walter Benjamin reserva-lhe, no tocante ao "interesse prático", um lugar de honra na história da arte narrativa: "De maneira mais intensa do que em Leskov pode-se reconhecê-lo, por exemplo, em Gotthelf, que dava conselhos de agricultura a seus camponeses".

Conselhos práticos de agricultura ou de criação de animais estão semeados, sobretudo, em seus romances.[16] Mas esse traço distintivo do narrador, como alguém que sabe aconselhar, manifesta-se também em *A aranha negra*: por exemplo, quando a parteira apresenta argumentos medicinais (e não supersticiosos, como na crendice relacionada às calhas no telhado) para que uma jovem mãe permaneça em casa nos primeiros dias após o parto. Contudo, são os conselhos espirituais que prevalecem na novela e estes se manifestam via de regra — como, aliás, também em "A hora e vez de Augusto Matraga" — de maneira aforismática, trazendo em si o gesto verbal do adágio ou do provérbio, conforme ilustram as palavras com que o avô-narrador reproduz a fala de uma venerável anciã: "Quem se envolve com o maligno não se des-

---

[16] Também Otto Maria Carpeaux, nas considerações que dedica a Gotthelf em sua *História da literatura ocidental*, ressalta essa característica de entremear as narrativas com instruções sobre "construção de estábulos, adubo artificial e tudo o que um camponês direito tem que saber". E Carpeaux corrobora igualmente a associação — que já havia ocorrido a Thomas Mann, Hermann Hesse e outros escritores e críticos — da arte narrativa desse suíço a Homero: "Gotthelf é um escritor primitivo; e só uma comparação pode estar certa, uma comparação muito grande: com Homero. A crítica moderna não recuou disso. A obra do suíço é uma enciclopédia da vida rural, assim como Homero fora a enciclopédia dos gregos: Gotthelf é capaz da elevação mais sublime e do naturalismo mais grosseiro; é o escritor mais primitivo, talvez o escritor mais vigoroso em língua alemã".

vencilha mais do maligno, e quem lhe oferece o dedo, logo cai de corpo e alma sob sua possessão. Ninguém mais senão Deus poderia ajudar a sair dessa miséria; mas quem o abandona na necessidade, naufraga na necessidade". Ou ainda nessa passagem, entre outros exemplos: "Idosos prudentes advertiam e suplicavam, mas corações obstinados não dão atenção a advertências de idosos prudentes. E quando chega a desgraça, então se diz que devem ter sido esses velhos que a atraíram com seu advertir e hesitar. Ainda não chegou o tempo de se reconhecer que a obstinação faz a desgraça brotar do chão".[17]

Se na perspectiva do ensaio benjaminiano o provérbio indicia uma relação artesanal com a linguagem, da narrativa de Gotthelf pode-se também dizer — em vista de tantas passagens que, como as citadas, aproximam-se do ritmo e da estrutura da "forma simples" do provérbio — que ela se apresenta como um gênero de comunicação ligado ao mundo do artesanato, do ofício, das várias modalidades do trabalho camponês. Sua arte narrativa introduz com naturalidade a técnica da moldura, ou seja: do grupo de pessoas reunidas em torno da árvore "no suave início da encosta", emerge a pergunta pela ombreira negra e então assoma a figura do narrador experiente, que saberá discretamente "embutir" conselhos em suas histórias. À moldura camponesa integra-se desse modo o próprio processo social do narrar, e é de bom

---

[17] Guimarães Rosa disseminou em sua novela ainda mais conselhos do que o narrador suíço, e eles vêm da boca do padre, do casal de "samaritanos" mãe Quitéria e pai Serapião e também do narrador em terceira pessoa. O próprio título "Hora e vez" origina-se de um conselho que o padre dá a Nhô Augusto: "Reze e trabalhe, fazendo de conta que esta vida é um dia de capina com sol quente, que às vezes custa muito a passar, mas sempre passa. E você ainda pode ter muito pedaço bom de alegria... Cada um tem a sua hora e a sua vez: você há de ter a sua".

grado que ouvimos então esse avô que, tendo vivido honestamente de seu trabalho ao longo dos anos e décadas, como diz Benjamin do narrador sedentário, "permaneceu em sua terra e conhece-lhe as histórias e as tradições".

Com as duas narrativas o avô proporciona entretenimento aos convivas do batizado que, congregados em torno do "pomo da concórdia" de uma boa história (expressão do narrador machadiano na moldura do conto "O espelho"), não percebem a passagem do tempo, conforme irá dizer o primo ao término da primeira narrativa, opondo-se à avó que não quer mais ouvir falar da aranha: "Ei, avó, deixe o seu velho falar, ele já nos fez passar o tempo, e ninguém vai querer acusar vocês por causa disso, pois na sua casa ninguém descende de Cristina". Ao lado, contudo, do entretenimento, o avô é movido também pela intenção de instruir, advertir, aconselhar os ouvintes, em consonância com o lema horaciano, derivado de sua *Ars poetica*, do *prodesse et delectare*.[18] E que o objetivo da "utilidade" tenha sido, tanto quanto a finalidade do deleite, plenamente alcançado pelo avô, isso é confirmado por um dos ouvintes que, mal se cala o narrador, exclama de maneira indireta, através do narrador em terceira pessoa: "Não importa o que haja de verdadeiro na história toda, pode-se aprender muito com ela, atalhou o padrinho mais novo, e além do mais o tempo teria passado voando para eles; parecia-lhe que tinham acabado de chegar da igreja".

Sim, "aprender muito" com a história é o que o avô certamente desejava e esperava de seus ouvintes e essa terá sido de fato a motivação primeira para seu longo narrar. Mas "aprender muito" é também o que o pastor de Lützelflüh es-

---

[18] "Ensinar e deleitar". No prefácio ao volume *Quadros e sagas da Suíça*, o próprio autor escreve que as narrativas aí enfeixadas "devem não só deleitar o ânimo (*Gemüt*), mas também fortalecer a fé (*Glauben*)".

Posfácio do tradutor 153

perava dos leitores de suas histórias que lhe eram os mais próximos, isto é, os membros da paróquia protestante de que ele estava à testa. E dessa intenção pedagógica advêm também os traços por assim dizer mais doutrinários da novela, que a aproximam por vezes — como o mencionado drama *O mágico prodigioso*, do pregador católico Calderón de la Barca — de um texto parenético (do grego *paraínesis*: advertência, admoestação, exortação), o que não destoa do estilo bíblico do profeta ao qual o pastor Bitzius tomou o pseudônimo. A inclinação parenética da novela concentra-se, sobretudo, naquela "mentalidade", enaltecida pelo avô-narrador, que primeiramente no século XIII, depois por volta de 1434, logrou aprisionar a aranha e a mantém desde então neutralizada numa viga da janela.

Essa mentalidade compõe-se, todavia, de valores fortemente patriarcais, que já no tempo de Gotthelf não terão deixado de causar estranhamento a não poucos de seus leitores. Por exemplo, a animosidade em relação a tudo que seja estrangeiro: começando com o comendador Hans von Stoffeln e os demais cavaleiros teutônicos e chegando até o criado ruivo que irá soltar a aranha durante a profanação da noite de Natal ("figura ominosa" da qual "ninguém sabia de onde vinha"), as personagens que levam a desgraça à comunidade do Emmental vêm todas do estrangeiro, não possuem raízes na região. Isso vale especialmente para Cristina, que porta em si a ousadia para realizar o que há de mais horroroso e inaudito: selar uma aliança com o demônio. Mas o sentimento xenófobo ou, mais propriamente, *germanófobo* de Gotthelf derivava, conforme já assinalado, de sua oposição ao "autoendeusamento" que enxergava em tendências filosóficas e políticas elaboradas sobretudo por alemães, como Ludwig Feuerbach ou David Friedrich Strauss.

Também causam espécie as alfinetadas do avô-narrador à ideia de participação das mulheres na vida pública, em especial na esfera política — um ponto, aliás, bastante singular na história da Suíça.[19] Mas não se pode perder de vista que, ao mesmo tempo, esse narrador levanta um monumento à jovem mulher que, dando prova de inteligência e coragem extraordinárias, concebe e executa o plano de encarcerar a aranha maligna no orifício aberto na janela.

Além disso, toda a extensa obra épica de Gotthelf — da qual sua mulher Henriette Zeender (1805-1872) sempre foi a primeira leitora e crítica — está repleta de figuras femininas fortes e expressivas, como observou enfaticamente o filósofo marxista Ernst Bloch: em todas as suas narrativas Gotthelf teria nos apresentado "primorosas camponesas", que — à maneira de uma divindade como Deméter — sabem ludibriar seus maridos obstinados e recalcitrantes no erro, conduzindo-os à solução de crises e impasses. Para Bloch, esse pastor suíço "enalteceu de maneira inexcedível e inesquecível o reino feminino [...] a despeito de todas as relações masculino-patriarcais [...] e apesar do Iahweh que, nas alturas do trovão, distribui patriarcalmente os quinhões".[20]

Entre as grandes personagens gotthelfianas lembradas por Ernst Bloch inclui-se, portanto, a jovem mãe da primeira história emoldurada, que sacrifica a própria vida para salvar

---

[19] Veja-se que na Suíça o direito a voto para as mulheres foi introduzido, através de um plebiscito de que participaram apenas os homens, tão somente em 1971. Em virtude das particularidades do sistema político suíço, transcorreram mais vinte anos até que o sufrágio feminino passasse a vigorar em todos os cantões.

[20] Ernst Bloch, "Hebel, Gotthelf und bäurisches Tao" ["Hebel, Gotthelf e Tao camponês"], em *Literarische Aufsätze* [*Ensaios literários*], Frankfurt a.M., Suhrkamp, 1965, pp. 365-84.
O trecho de Ernst Bloch que Walter Benjamin cita em "O narrador" também fala do Tao de Gotthelf e foi extraído do ensaio "Das Riesenspielzeug" ["O brinquedo de gigantes"], em *Erbschaft dieser Zeit* [*Herança deste tempo*], Frankfurt a.M., Suhrkamp, 1962, pp. 182-6.

os filhos e toda a comunidade do Emmental, instituindo pioneiramente a mentalidade cujo elogio percorre as páginas derradeiras da novela. Quem primeiro destaca o significado dessa mentalidade é o experiente homem a quem os antepassados do avô, uns bons trezentos anos antes do batizado, vão pedir conselhos para a construção de uma nova casa. Ele recomenda edificá-la no mesmo lugar da antiga e, sobretudo, preservar "a antiga madeira que guardava a aranha e a antiga mentalidade que aprisionou a aranha na velha madeira, desse modo a velha bênção estaria presente também na nova casa".

Se a narrativa tradicional, como estudada por Walter Benjamin, encontra seu verdadeiro estatuto na "moral da história", então se pode dizer que, em *A aranha negra*, esta moral se cristaliza justamente na "mentalidade" expressa nas últimas palavras do narrador, pois no fundo é ela que embala "em doce sono [...] aqueles que trazem no peito o temor a Deus e bons pensamentos, que jamais serão despertados do sono pela aranha negra, mas sim pelo amável brilho do sol". E enquanto essa mentalidade prevalecer entre os homens, a aranha não poderá agir, "nem de dia nem de noite".

Como também acontece nas narrativas de Nikolai Leskov e de outros nomes da literatura mundial, incluindo-se o autor de "A hora e vez de Augusto Matraga", a moral explicitada pelo narrador suíço ao despedir-se de seus leitores constitui-se claramente no patamar religioso. E dessa moral se pode dizer ainda, lançando mão de uma expressiva metáfora do ensaio "O narrador", que se enlaça firmemente, "como a hera em volta de uma alvenaria", em torno de formulações que trazem em si o ritmo do provérbio, do adágio, do dito aforismático, configurando-se como elaborações artesanais da linguagem. Isso pode ser ilustrado com as sentenças, já citadas, da "anciã venerável" que — única voz dissonante na assembleia — condena o selamento do pacto e adverte seus conterrâneos das consequências. Mas o índice mais expressivo do substrato religioso da novela residirá no motivo do batismo, que opera o entrelaçamento entre a moldura narrativa e as histórias internas e abarca em si não apenas detalhes do sacramento cristão, mas também crendices populares, como a terrível superstição de que uma criança não batizada pode tornar-se presa do diabo ou aquela outra, mais inofensiva e algo cômica, que impede a angustiada madrinha de perguntar pelo nome do batizando, a fim de evitar que ele se torne curioso pelo resto da vida.

Não se deve inferir daí que tenha sido dogmatismo, ou mesmo embotamento teológico, o que levou Gotthelf a incorporar tais superstições à estrutura da novela; está em jogo, antes de tudo, uma maestria épica que encontrou no cenário medieval a sanção para desenvolver o motivo do batismo em toda sua dramaticidade e convertê-lo em grande símbolo novelístico. Por conseguinte, a uma leitura por assim dizer "aberta", sensível às qualidades estéticas de *A aranha negra*, oferece-se a percepção de que Gotthelf elabora a "matéria-prima"[21] de sua narração não como teólogo, muito menos como dogmático, mas sim com plena liberdade artística. Evidentemente não se poderá afirmar que ele acreditasse na possibilidade de topar por um caminho ou por uma encruzilhada qualquer com o diabo, "solto, por si, cidadão" (para citar palavras do narrador do *Grande sertão*) — como os camponeses submetidos a von Stoffeln se deparam com o caçador verde na curva de uma trilha. Em contrapartida, pode-se dizer com segurança, sob o respaldo de vários indícios

---

[21] Na perspectiva do ensaio benjaminiano são as experiências que fornecem ao narrador a "matéria-prima" de sua arte. Assim se pergunta Benjamin, no penúltimo parágrafo do ensaio, se a tarefa do narrador não consistiria "justamente em elaborar a matéria-prima das experiências — próprias e alheias — de uma maneira sólida, útil e única".

disseminados pela novela, que Gotthelf acreditava no permanente embate entre o bem e o mal no íntimo de cada ser humano; e que acreditava, por conseguinte, que no fundo o diabo "vige dentro do homem, os crespos do homem", sendo "o homem dos avessos", mais uma vez nas palavras de Riobaldo. E a força estética com que plasmou em *A aranha negra* suas convicções e experiências religiosas permitiria sustentar, citando Walter Muschg pela última vez, que "a narrativa faz esquecer a ressalva teológica e arrebata o leitor até o inesquecível ressoar e esvanecer das últimas frases".[22]

Quando o avô conclui a primeira narrativa, que se desenrola no século XIII, uma sensação inquietante se apodera de todos os ouvintes, o que leva sua velha mulher a repreendê-lo por trazer a público acontecimentos que deveriam continuar ocultos no âmbito da família. Em sua resposta o avô apoia-se num fenômeno que, na visão de Walter Benjamin, integra aquela constelação que há séculos, em ritmo mais acelerado após a Revolução Industrial, vem impulsionando o lento declínio da arte da narrativa: a atrofia da memória, capacidade épica por excelência e que assegura ao ouvinte a

---

[22] Constatação semelhante faz Albrecht Schöne no final de seu estudo "Remissão didática". Analisando a passagem em que uma idosa vislumbra a mancha escura na face de Cristina no exato momento do amanhecer em que se ouve o canto de um galo, Schöne demonstra como Gotthelf dissocia esse detalhe de seu contexto de origem (o canto do galo no momento em que Pedro nega Jesus pela terceira vez) e lhe confere plena autonomia no enredo novelístico. Para Schöne revela-se assim que, à medida que a novela de Gotthelf ganha vida enquanto obra de arte, a luz do texto sagrado começa a empalidecer: "O processo de secularização é mais forte do que todas as forças das intenções missionário-didáticas que o colocaram em movimento [...]. Com o caso-limite desse canto do galo anuncia-se uma forma de representação secularizante, na qual o que decide não é mais a intenção didática, mas sim finalidades estéticas que se tornaram autônomas".

possibilidade de mais tarde reproduzir a história narrada: "Acalme-se, velha", justifica-se o avô, "nos dias de hoje as pessoas logo se esquecem de tudo e nada mais é preservado na memória como antigamente".

Nesse ponto, contudo, o velho e experiente narrador terá se enganado, pois ouvintes e leitores dificilmente se esquecerão dessa história que Thomas Mann dizia admirar "como praticamente nenhuma outra peça da literatura mundial".

Agradecimentos

Agradeço primeiramente à Casa de Tradutores Looren (*Übersetzerhaus Looren*), sediada na aldeia de Wernetshausen (cantão de Zurique, na Suíça), onde passei 25 dias em janeiro de 2016. Durante esse período, em que pude usufruir das excelentes condições de trabalho oferecidas pela Casa de Tradutores (e também fazer pesquisas na Biblioteca Central de Zurique, *Zentralbibliothek Zürich*), o projeto relacionado à novela *A aranha negra* (*Die schwarze Spinne*) experimentou considerável avanço.

Aproveitei ainda essa estada para estabelecer contato com o Centro Gotthelf em Lützelflüh (*Gotthelf Zentrum Emmental Lützelflüh*) e agradeço muito a acolhida generosa que tive por parte de Heinrich Schütz e Werner Eichenberger. Algumas notas da edição brasileira, referentes a detalhes da região em que a novela está ambientada e a formas dialetais empregadas por Gotthelf, foram elaboradas com sua ajuda.

Por fim o agradecimento também ao *Europäisches Übersetzer-Kollegium* (Colégio Europeu de Tradutores) em Straelen (estado alemão de Nordrhein-Westfalen), onde passei duas semanas em julho de 2016 e, usufruindo novamente de primorosa biblioteca, pude concluir a primeira versão deste trabalho.

Marcus Vinicius Mazzari

Sobre o autor

Jeremias Gotthelf é o pseudônimo literário de Albert Bitzius, que nasceu no dia 4 de outubro de 1797 na comuna suíça de Murten, cantão de Friburgo, como filho do pastor reformado Sigmund Bitzius e de Elisabeth Bitzius-Kohler. Passa grande parte da infância na aldeia de Utzenstorf, na região do Emmental (cantão de Berna), para onde o pai fora transferido em 1805. Estuda latim, grego e outras disciplinas com o próprio pai até 1812, quando se matricula numa escola em Berna. Começa então a "devorar" romances, "tantos quantos chegavam às minhas mãos", conforme assinala uma nota autobiográfica. Entre 1817 e 1820 frequenta, também em Berna, o curso superior de teologia, iniciando em seguida um vicariato (estágio preparatório para o exercício pastoral) na paróquia de seu pai em Utzenstorf. Em 1821 muda-se para Göttingen, a fim de dar prosseguimento aos estudos de teologia. Terminado esse período, faz extensas viagens pela Alemanha. Morrendo o pai no início de 1824, Albert Bitzius não pode sucedê-lo como pastor por lhe faltarem ainda cinco anos de vicariato, que ele irá cumprir em Herzogenbuchsee, também no cantão de Berna. Com a morte do pastor de Lützelflüh, Bitzius é eleito para esse posto em 1832, casando-se no ano seguinte com a neta do pastor falecido, Henriette Zeender, com quem terá duas filhas e um filho, o qual seguirá a mesma carreira do pai e do avô.

Ao lado das funções pastorais, Albert Bitzius também desenvolve intensas atividades políticas, próximo então de concepções liberais (que mais tarde irá combater da perspectiva de um republicanismo cristão). Torna-se, na condição de comissário de educação, veemente defensor dos interesses de professores do ensino elementar, engaja-se em campanhas sociais contra o alcoolismo e a exploração do trabalho infantil, cria também uma instituição de abrigo para crianças pobres e órfãs. Como pedagogo aproxima-se das posições de Johann Heinrich Pestalozzi (1746-1827), que ele conhecera pessoalmente em 1826.

Em 1837, contando já 40 anos, acontece sua estreia literária com o romance *O espelho-camponês ou História da vida de Jeremias Gotthelf, descrita por ele mesmo*. Na tradição do romance pedagógico de Pestalozzi, *Lienhard e Gertrud: um livro para o povo*, publicado em três partes entre 1781 e 1787, essa biografia de um fictício Jeremias Gotthelf apresenta uma visão sombria do mundo camponês, como anuncia o próprio autor no prefácio: "Meu espelho não vos mostrará o lado ensolarado de vossas vidas, mas o lado ensombrecido, mostrar-vos-á, portanto, o que normalmente não se vê, não se quer ver".

Numa carta a seu primo Carl Bitzius, o autor de *O espelho-camponês*, que teve expressiva recepção na Suíça e também na Alemanha, compara sua gênese a um violento transbordamento: "Entenda, pois, que em mim se agitava uma vida indômita, da qual ninguém fazia ideia alguma. [...] Essa vida tinha de exaurir-se em si mesma ou irromper para fora de alguma maneira. Em mim isso se fez na escrita. E foi como a irrupção de uma força longamente represada e até mesmo, gostaria de dizer, a ruptura de um lago montanhesco".

A partir de então Albert Bitzius adota o pseudônimo do eu-narrador de seu primeiro romance, sendo Jeremias uma referência ao profeta que advertiu incansavelmente seu povo e Gotthelf um amálgama de Deus (*Gott*) e do verbo "ajudar" (*helfen*). Nos 17 anos que lhe restam Gotthelf irá produzir uma obra literária de aproximadamente 10 mil páginas, abarcando 12 romances e várias dezenas de narrativas. O grande cenário desse mundo ficcional é sua região natal, o Emmental, caracterizado num escrito de cunho social (*A necessidade dos pobres*, 1840) do seguinte modo: "Seu horizonte é estreitamente limitado por colinas cobertas de florestas, a cujos sopés se estendem incontáveis vales, banhados por riachos sussurrantes que vão conduzindo seu cascalho em tranquilo murmúrio, até encontrarem o seio do rio Emme". E o habitante do Emmental guarda, segundo a mesma descrição, muitas afinidades com essa natureza: "Seu campo de visão não é amplo, mas ele observa o que está próximo com inteligência e perspicácia; ele não agarra o novo com rapidez, mas aquilo que chegou a agarrar, isso ele segura com força prodigiosamente pertinaz. Não fala muito, não faz barulho; mas onde colocou sua mão ele persevera até que tudo esteja em ordem".

Entre os admiradores desse narrador profundamente enraizado nas tradições camponesas de sua comunidade contam-se nomes como Gottfried Keller, que resenhou vários de seus romances, Robert Walser, Jacob Grimm, os filósofos Walter Benjamin e Ernst Bloch, ou ainda Thomas Mann e Hermann Hesse, que lhe atestaram "grandeza homérica". Também os proeminentes críticos Walter Muschg, Benno von Wiese e Albrecht

Schöne enalteceram as qualidades dessa obra épica que tem na novela *A aranha negra* (1842) um de seus momentos culminantes.

Gotthelf falece aos 57 anos no dia 22 de outubro de 1854 de complicações respiratórias e cardíacas. Entre 1856 e 1858 o importante editor berlinense Julius Springer publica a primeira edição completa de suas obras em 24 volumes. Atualmente o Centro de Pesquisa (*Forschungsstelle*) Jeremias Gotthelf, ligado à Universidade de Berna, desenvolve o projeto de uma "Edição completa histórico-crítica das obras e cartas de Jeremias Gotthelf", cujos volumes se dividem em sete grandes seções, quatro literárias (romances; narrativas; sagas; histórias de calendário) e as três outras englobando sermões e escritos religiosos, a obra jornalística e, por fim, a correspondência. Estima-se em cerca de 30 anos o período de execução para essa edição histórico-crítica que deverá chegar a 67 volumes.

Sobre o tradutor

Marcus Vinicius Mazzari nasceu em São Carlos, SP, em 1958. Fez o estudo primário e secundário em Marília, e ingressou no curso de Letras da Universidade de São Paulo em 1977. Concluiu o mestrado em literatura alemã em 1989 com uma dissertação sobre o romance *O tambor de lata*, de Günter Grass. Entre outubro de 1989 e junho de 1994 realizou o curso de doutorado na Universidade Livre de Berlim (*Freie Universität Berlin*), redigindo e apresentando a tese *Die Danziger Trilogie von Günter Grass: Erzählen gegen die Dämonisierung deutscher Geschichte* (A Trilogia de Danzig de Günter Grass: narrativas contra a demonização da história alemã). Em 1997 concluiu o pós-doutorado no Departamento de Teoria Literária e Literatura Comparada da USP, com um estudo sobre os romances *O Ateneu*, de Raul Pompeia, e *Die Verwirrungen des Zöglings Törless* (As atribulações do pupilo Törless), de Robert Musil.

Desde 1996 é professor de Teoria Literária e Literatura Comparada na Universidade de São Paulo. Traduziu para o português, entre outros, textos de Adelbert von Chamisso, Bertolt Brecht, J. W. Goethe, Gottfried Keller, Günter Grass, Heinrich Heine, Karl Marx, Thomas Mann e Walter Benjamin. Entre suas publicações estão *Romance de formação em perspectiva histórica* (Ateliê, 1999), *Labirintos da aprendizagem: pacto fáustico, romance de formação e outros temas de literatura comparada* (Editora 34, 2010) e a co-organização da coletânea de ensaios *Fausto e a América Latina* (Humanitas, 2010). Elaborou comentários, notas, apresentações e posfácios para a obra-prima de Goethe: *Fausto: uma tragédia — Primeira parte* (tradução de Jenny Klabin Segall, ilustrações de Eugène Delacroix, Editora 34, 2004; nova edição revista e ampliada, 2010) e *Fausto: uma tragédia — Segunda parte* (tradução de Jenny Klabin Segall, ilustrações de Max Beckmann, Editora 34, 2007).

É um dos fundadores da Associação Goethe do Brasil, criada em março de 2009.

Este livro foi composto em Sabon, pela Bracher & Malta, com CTP da New Print e impressão da Graphium em papel Pólen Soft 80 g/m² da Cia. Suzano de Papel e Celulose para a Editora 34, em março de 2017.